TOM ANGLEBERGER

V&R
EDITORAS

DARTH PAPER CONTRAATACA

un libro de Yoda Origami

Título original: *Darth Paper Strikes Back*
Traducción: Enriqueta Naón Roca
Dirección de proyecto editorial: Cristina Alemany
Edición: Soledad Alliaud
Armado: Tomás Caramella

Texto © 2011 Tom Angleberger
Ilustraciones © 2011 Lucasfilm Ltd. & TM.
Publicado por primera vez en inglés en 2010, por Amulet Books,
un sello de ABRAMS.
Todos los derechos reservados en todos los países para Harry N.
Abrams, Inc.

© 2013 V&R Editoras • www.vreditoras.com

Argentina: San Martín 969 10° (C1004AAS) Buenos Aires
Tel./Fax: (54-11) 5352-9444 y rotativas
e-mail: editorial@vreditoras.com

México: Av. Tamaulipas 145, Colonia Hipódromo Condesa
CP 06170 - Delegación Cuauhtémoc, México D. F.
Tel./Fax: (5255) 5220-6620/6621 • 01800-543-4995
e-mail: editoras@vergarariba.com.mx

ISBN: 978-987-612-716-5

Impreso en Argentina • Printed in Argentina

Noviembre de 2013

Angleberger, Tom
Darth Paper contraataca/Tom Angleberger; adaptado por
Enriqueta Naón Roca. - 1a ed. - Ciudad Autónoma de
Buenos Aires:V&R, 2013.
176 p.; 21x14 cm.

ISBN 978-987-612-716-5

1. Narrativa Infantil Estadounidense. I. Naón Roca,
Enriqueta, adapt. II. Título
CDD 813.928 2

ESTE LIBRO ESTÁ DEDICADO
A SUSAN VAN METRE,
QUIEN CREYÓ EN YODA
ORIGAMI DESDE EL PRINCIPIO.

harvey + DARTH PAPER

¡DARTH PAPER CONTRAATACA!

POR TOMMY

Es una época oscura para la Escuela McQuarrie...

¿Cuándo empezó? Puedo decirles el momento exacto.

En el primer día de clases. El primero de séptimo grado. No tuvimos ni un día entero bueno. Apenas unos cinco minutos.

Fue un poco como esa escena en la que Han y Leia creen que van a tomar el desayuno con Lando y se dirigen hacia el hall pensando "voy a comer unas galletas con chispas de chocolate" y cuando llegan al comedor,

¡zas!... se topan con Darth Vader. (Y adiós galletas con chispas de chocolate.)

Así que en la primera mañana de séptimo grado estábamos conversando en la biblioteca: Rhondella y Kellen, Amy y Lance, Sara y yo. Todo parecía perfecto, y daba la sensación de que todo el año sería perfecto. Nos saludamos, y Kellen nos presentó a un chico de sexto que él conocía, Murky. Nos estaban contando una historia muy loca de algo que les había pasado en una pista de skate durante el verano gracias a Yoda Origami.

Y de repente... apareció Harvey.

—¿La Bola de Papel? Lo siento, pero este no es el año de la Bola de Papel —anunció. Y empezó a tararear—: Bom bom bom bom-ba-bom-bom-ba-bom —el tema musical de Darth Vader.

Estiró su brazo y allí estaba: un Darth Vader origami, hecho en papel negro con ojos plateados, brillantes, y una espada de luz, en papel rojo.

Hay varias cosas que pudieron haber pasado a

continuación. Iba a decirle: "Está buenísimo",
porque realmente me parecía fabuloso. Pero antes de que alguno de nosotros pudiera decir
algo por el estilo, Rhondella exclamó:

—¡Ay, qué amor!

—Sí, es divino, Harvey —agregó Sara.

—Es tan pequeñito —intervino Amy.

Por supuesto, Harvey se enfureció. Se le
puso la voz aguda y alta, lo que siempre es
una mala señal cuando se trata de Harvey.

—¡Darth Paper no es ningún amor! —chilló.

—Me encanta su espadita —dijo Sara con voz
acaramelada.

—¿Podrías hacerme uno de color rosa? —le
pidió Rhondella.

—¡Tendría que haber sabido que reacciona-
rían así! —gritó Harvey.

—Harvey, relájate —intervine, tratando de
calmarlo—, están diciendo que les gusta. Déjame verlo bien.

Hice un movimiento para agarrarlo, pero él
lo alejó con un gesto brusco.

—Aléjate, Tommy —me gruñó y dio media vuelta, indignado.

Antes de desaparecer, giró hacia nosotros, elevó a Darth Paper y en una excelente imitación de Vader exclamó:

—¡Nunca subestimen el poder del Lado Oscuro!

Y se fue.

—Ustedes son tan raros —dijo Rhondella.

—¿Qué hicimos NOSOTROS? —preguntó Kellen—. No nos echen la culpa por...

Pero Rhondella ya no lo escuchaba, porque habían llegado otras chicas y se abrazaban y se decían "te eché de menos", "¿a dónde fuiste este verano?" y cosas así. Se sentaron todas juntas en una mesa y nosotros nos tuvimos que sentar en otra, y se terminó la mañana perfecta... y también el año perfecto.

Comentario de Harvey

Te olvidaste de mencionar que el sonido de la respiración de Darth Vader me sale idéntico.

Comentario de Tommy: ¡Por Dios! Harvey (y Vader) no solo arruinó todo, sino que además me engañó para que lo dejara escribir otra vez sus estúpidos comentarios. ¡Ajjjjj!

DARTH PAPER
CONTRA YODA ORIGAMI

POR TOMMY

La buena noticia es que un poco más tarde apareció Dwight con Yoda Origami.

El año pasado, Yoda Origami hizo muchas cosas que mejoraron nuestras vidas. Por ejemplo, consiguió que todos dejaran de decirle "Glotón" a Quavondo, y que Mike no se echara a llorar cada vez que no lograba batear la pelota de sóftbol, durante la clase de Educación Física. Además del asombroso milagro de hacer que la Noche de Fiesta de la escuela resultara divertida de verdad. Yoda Origami me ayudó

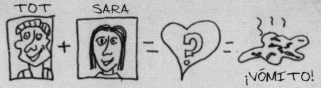

¡VÓMITO!

a invitar a bailar a Sara y también a que unos cuantos, que nunca habíamos bailado, termináramos haciendo los rarísimos pasos del Twist.

La mala noticia es que este año, Yoda Origami se enfrenta a la fuerza destructiva de Darth Paper, y pareciera que no puede contra ella.

Todo sale mal desde ese primer día. Ya pasaron casi tres meses desde que empezaron las clases y Darth Paper ha destruido prácticamente todo lo bueno que Yoda Origami logró el año pasado. Ya no les gustamos a las chicas. Tampoco les caemos bien a los maestros y ni siquiera nos agradamos entre nosotros.

Sara, que yo creía que era casi mi novia, va a salir con Tater Tot. Sí, como lo oyen: ¡Sara y Tater Tot!

Por otro lado, Rhondella no le dirige la palabra a Kellen. Lance y Amy ya no están juntos. ¡Y Mike llora en clase, otra vez!

Pero a Dwight le fue peor aún. Lo han suspendido del colegio y el Consejo Escolar está considerando enviarlo al IEEC (Instituto

¿DÓNDE ESTÁ MI BANDA ALIENÍGENA DE ROCK?

Especial de Educación Correctiva), que es adonde mandan a los chicos muy, muy malos, cosa que Dwight no es. El hermano mayor de Amy nos contó que al tipo más rudo y desagradable de su clase lo enviaron allí… ¡y lo molieron a golpes! Es como el palacio de Jabba pero sin la banda alienígena de rock.

¡Sería la máxima derrota para Yoda Origami! Y creemos que Darth Paper está detrás de esto. Solo que me cuesta aceptar que Darth Paper/Harvey pueda ser tan malvado.

Con Dwight fuera del colegio desde hace casi dos semanas, volvimos a ser los perdedores de siempre. Porque, obviamente, si Dwight no viene, tampoco viene Yoda Origami y, al fin y al cabo, él es el que anda con Yoda Origami en el dedo y lo hace dar consejos.

El año pasado intentamos descubrir si Yoda Origami era de verdad. Si realmente utilizaba la Fuerza o nos engañaba con un truco. Pero para saber más sobre eso, puedes leer el expediente del primer caso.

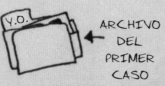

Y.O.

ARCHIVO DEL PRIMER CASO

30% MENOS DE HARVEY

Este documento tiene un objetivo diferente: salvar a Dwight y a Yoda Origami del Consejo Escolar. ¿Cómo podrá lograrlo? No tengo ni idea. Pero Yoda Origami dijo que lo hiciéramos, así que lo estamos haciendo.

Ese fue el último consejo que llegó a darnos. Desde entonces, quedamos a la deriva. En realidad, es peor...

En lugar de tener a Dwight y a Yoda Origami, ¡cargamos con Harvey y Darth Paper!

Comentario de Harvey

¿Cargan con Darth Paper? ¡Estúpidos! Si tan solo se hubieran unido a él ¡podríamos haber dominado al colegio entero! ¡El triste consejo de la Bola de Papel es insignificante comparado con el poder del Lado Oscuro!

Mi comentario: ¿Ven a qué me refiero?

NOTA: ESTA NO ES LA BANDA ALIENÍGENA DE ROCK DE JABBA. EN REALIDAD, ES ¡EL CORO DE OCTAVO GRADO!

9

TOMMY

✳ CÓMO LLEGAMOS A ESTE LÍO

POR TOMMY

Entonces, Darth Paper y Yoda Origami estaban peleándose todo el tiempo.

Al principio, Harvey quería tener una batalla real, con espadas de luz hechas de papel; pero Dwight se negaba.

"La guerra grandioso a uno no lo hace", dijo Dwight/Yoda Origami.

Lo quisiera o no, de todos modos terminó en guerra porque Harvey no lo dejaba en paz.

Harvey y Darth Paper hacían cosas horribles como, por ejemplo, al enterarse de

ESPADA DE LUZ

CORTAR UN TRIÁNGULO ALARGADO

PLEGAR LA PARTE
DE ABAJO

¡PRESTO!
(¡CUIDADO,
NO TE
CORTES
CON EL PAPEL!

¡BUEN LIBRO!

que yo estaba haciendo un informe acerca de Booker T. Washington, corrieron hacia la biblioteca y escondieron todos los libros sobre el tema. Pero Yoda Origami me dio la solución: me pasó el dato de que podía bajar de Internet la autobiografía de Booker T. Washington.

Yoda Origami y Darth Paper estuvieron todo el primer mes en pie de guerra.

De repente, las cosas fueron empeorando a tal velocidad que casi ni nos dimos cuenta de lo que estaba pasando.

Y comenzó cuando Jen se acercó a nuestra mesa para hacerle una pregunta a Yoda Origami.

Jen es una de las personas que, antes de Yoda Origami, no se dignaba a hablarnos. Y como era tan popular, creíamos que era una engreída total. Pero cuando la empezamos a conocer un poco mejor, no nos pareció tan mal. Y se tomaba muy en serio a Yoda Origami, lo cual era sorprendente. Resultó que era fanática de *La Guerra de las Galaxias*.

JEN →

11

—¿Necesitas ayuda de Darth Paper? —le preguntó Harvey.

—Eh, no —respondió Jen—. Necesito el consejo de un verdadero Maestro Jedi. Mira, quieren tomarme una prueba para entrar al equipo preuniversitario de porristas del colegio. Normalmente, consideran nada más que a las de octavo y noveno grado. Es súper difícil que una de séptimo pueda siquiera probar. Estoy entrenando día y noche. ¿Crees que Yoda Origami pueda darme algún consejo secreto?

Dwight tenía la mirada perdida en su comida. Ha estado deprimido desde que Caroline —la chica que le gustaba— se cambió a la Academia Tippett, una escuela privada. Por eso, andaba como un alma en pena. Aunque igual estaba dispuesto a dejarnos que le consultáramos a Yoda Origami, lo que demuestra que realmente es un buen tipo. Levantó el dedo y allí estaba Yoda, listo para responder.

Ahora bien, como Jen había dicho que la iban a PROBAR, Kellen y yo esperábamos que Yoda

Origami dijera: "Intentes no. Hazlo o no lo hagas. Pero intentes no". Que es una frase famosa del Yoda en la mejor película de todos los tiempos: *El Imperio contraataca.*

En lugar de eso, en el rostro de Dwight apareció una expresión muy, pero muy rara. Se levantó, caminó hacia Jen y le puso a Yoda Origami justo delante de la cara.

Esto era demasiado extraño, incluso para Dwight.

Habló con la voz del Yoda. Por lo general, él hacía una imitación pésima de su voz, pero esta vez sonó real, como cuando Luke sale de la cueva del sueño y el Yoda da un poco de miedo.

"La Hora Cero llega...", masculló.

−¿Qué...? −empezó a decir Jen.

"La Hora Cero llega. ¡Prepárate para tu perdición!"

−Mira, no tienes por qué ponerte tan raro con esto −dijo Jen, y salió corriendo. Su expresión indicaba que esta sería la última vez que le haría una pregunta a Yoda Origami.

LADO OSCURO

–Viejo, eso fue muy inquietante –dijo Harvey.

Por una vez, estuve de acuerdo con él. Todo había sido muy del estilo del Lado Oscuro de la Fuerza.

–Creo que deberías ir a disculparte con ella –le dije a Dwight–. Eso fue aterrador. A lo mejor piensa que quisiste amenazarla o algo así.

–Sí, podrías meterte en problemas por algo como esto –añadió Kellen.

Hasta entonces, Dwight no había dicho nada, ni siquiera se había vuelto a sentar. Pero en cuanto Kellen dijo la palabra "problemas", Dwight se sentó, guardó a Yoda Origami en el bolsillo y empezó a clavar el dedo con fuerza en su hamburguesa, una y otra vez.

–¿Por qué dices cosas como esas, Dwight? –le preguntó Kellen.

–No las digo yo –balbuceó–. Es Yoda Origami.

–Bueno, pues yo le daré la posibilidad de que escuche a Darth Paper –anunció Harvey, y se fue detrás de ella.

Creímos que allí se terminaría el asunto. Sí, es cierto, Dwight estaba más extraño que nunca pero eso no parecía GRAN cosa. Quiero decir, ni se nos ocurrió que pudieran expulsarlo por eso. Así que terminamos el almuerzo y, cuando sonó el timbre, volvimos a clase.

No sabemos exactamente qué pasó después, porque nadie nos quiere contar. La directora Rabbski dice que no es asunto nuestro, pero yo creo que sí.

¡RABBSKI!

Como sea, en algún momento Jen debe haberle contado a alguien –seguramente a Rabbski– que Dwight la había asustado. Quizá hasta le dijo que había sonado como una amenaza.

Kellen estaba en la misma clase que Dwight cuando a este lo fueron a buscar de la dirección. Como a Dwight lo han enviado tantas veces a dirección, no fue gran cosa que lo llamaran de nuevo.

Pero esta vez no volvió. Nos enteramos de que estaba en SI (Suspensión Interna) por todo el día. Después, en la octava hora, Sara nos contó que había visto a la madre de Dwight en el pasillo, caminando hacia la oficina de la directora.

Así que cuando finalizó la última hora de clases, Kellen y yo fuimos hacia allá para ver si podíamos enterarnos de qué estaba pasando.

Llegamos justo a tiempo.

Tuvimos unos cinco segundos para hablar con Dwight cuando salía de la dirección. Su mamá estaba todavía adentro, hablando con la señora Rabbski.

Parecía un zombi. Demasiado alterado como para decir algo. Pero levantó a Yoda, y Yoda dijo: "Del colegio expulsados fuimos".

–¿Expulsado? ¿Por qué? ¿Por tener un Yoda? ¡De ninguna manera! –protestó Kellen.

"Manera sí", respondió Yoda con voz rasposa. "Salvar a Dwight deben".

–¿Pero cómo?

"La verdad para el Consejo escribir deben. Otro archivo necesario es."

Estaba por preguntarle algo útil sobre el archivo para este nuevo caso: para qué

16

teníamos que escribirlo o sobre qué asunto,
cuando Kellen se me adelantó:

—¿Le tengo que hacer garabatos a este también? —preguntó, molesto.

"Hacer mal supongo no hará", respondió Yoda.
La mamá de Dwight y la directora salieron
de la oficina y me quedé sin la oportunidad de
hacer mi pregunta útil.

La madre estaba muy alterada y sollozaba.

—Ay, Dwight, ¡por favor! Guarda ese origami —le suplicó—. Debemos irnos.

La directora Rabbski nos clavó la mirada.

—Tommy y Kellen, dudo de que Dwight nece-
site algún estímulo de parte de ustedes dos
en este momento.

Mientras nuestro compañero y su madre se
marchaban, Rabbski se puso a darnos un ser-
món sobre cómo habíamos "contribuido" a los
problemas de Dwight. Intentamos preguntarle
qué estaba pasando, pero nos dijo que las
cuestiones disciplinarias eran privadas y
que no las discutiría con nosotros.

En cuanto llegué a casa después del cole, le envié un e-mail a Dwight. Esto es lo que respondió:

SÁNDWICH → → →

¿Qué habrá para almorzar mañana? Yoda Origami cree que será un sándwich de pollo. ¿Me compras uno y le pides a Sara que me lo traiga cuando vuelva del cole?

Claro que eso no me dio ninguna pista, aunque resultó que ¡acertó con lo del sándwich! Como sea, su e-mail venía con un adjunto: ¡un jpg de una nota escaneada de la directora Rabbski!

No podía creerlo: ¿"antecedentes de conducta violenta"? Sí, a Dwight lo suspendieron el año anterior después de su pelea con Zack. ¿Pero desde cuándo hacerle frente a un bravucón es un "antecedente de conducta violenta"? Es a Zack al que tendrían que mandar al IEEC. Dwight jamás lastimaría a alguien. Dice cosas como "la Hora Cero se acerca", todo el tiempo. No es una amenaza. Es Dwight, simplemente.

ZACK

Solicitud del Consejo Escolar del Condado Lucas para Pase al IEEC

Escuela: : McQuarrie
Director/a: L. Rabbski

Alumno: Dwight Tharp
Identificación N°: 69735
Grado: 7°

Motivo: Han venido a verme alumnos muy preocupados por sus dichos amenazantes y hostigadores. Además de contrariar nuestra política de tolerancia cero al mal comportamiento, este es un caso de especial consideración ya que Dwight tiene antecedentes de conducta violenta; por lo que fue suspendido el año pasado.

Además, Dwight ha mostrado poco respeto a la autoridad y es causa de perturbación constante del ambiente de estudios. Hemos utilizado, sin éxito, cuanta herramienta disciplinaria tenemos a nuestro alcance para detener sus muchos comportamientos inaceptables (entre otros, el uso frecuente de un títere de dedo).

Estamos convencidos de que el tratamiento especial que brinda el IEEC será beneficioso para Dwight.

Recomendación: No tengo más alternativa que solicitar al Consejo que le dé a este alumno el pase al IEEC, al menos por lo que resta del semestre.

Para ser presentado en la reunión del Consejo de Educación que tendrá lugar el 28 de octubre.

Fue en ese instante en que caí en la cuenta de que lo que quería Yoda Origami era que lleváramos el nuevo archivo a esa reunión de octubre. Si los miembros del Consejo escuchaban solo la versión de la directora Rabbski iban a creer que Dwight era una especie de loco.

Bueno... quiero decir, él está un poco chiflado, supongo. Pero es de un tipo de loco bueno. Y eso es lo que teníamos que contarle al Consejo Escolar.

Entonces decidí que debíamos juntar historias que demostraran que Dwight y Yoda Origami son buenos y, también, que es bueno que permanezcan en el colegio. (Vamos, gente, ¡Yoda jamás sería uno de los malos! Qué disparate). Tenemos que probar que Dwight no es uno de los chicos malos.

A todo esto, cuando hablo de "nosotros", me refiero a Kellen y a mí (y a varios más, también), pero para nada a Harvey.

¡NO HARVEY!

¿Han notado que la directora Rabbski dice que fueron "alumnos" a verla? Así que no fue solo

Jen. Fue con alguien más. No tengo pruebas, pero apuesto a que sé quién... Harvey. Esa es una de las cosas que espero resolver. Es parte de la "verdad" que Yoda Origami quiere que revelemos.

Comentario de Harvey

¡No me echen la culpa a mí! Hice todo lo posible para que Dwight se deshiciera de la Bola de Papel, y él... nada. ¿Y quién lo metió en problemas? La Bola de Papel.

Mi comentario: Sí, claro.

Como sea, aquí van las historias que recopilamos para defender a Dwight. Algunas muestran que es un buen tipo. Otras presentan a Harvey como un imbécil. Ojalá que cuando las juntemos a todas, le demuestren al Consejo que Dwight y Yoda Origami no son peligrosos ni perturbadores, ni nada por el estilo. Eso esperamos...

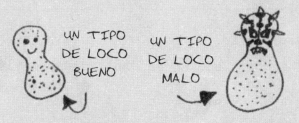

UN TIPO DE LOCO BUENO

UN TIPO DE LOCO MALO

SALVEN A

DWIGHT

EN DEFENSA DE DWIGHT Y YODA ORIGAMI

POR TOMMY Y KELLEN

Estimados miembros del Consejo Escolar:

Tienen que PERMITIR que Dwight vuelva al colegio.

Por un lado, porque es nuestro amigo y lo echamos de menos; a pesar de que a veces nos hace pasar vergüenza.

Por otro lado, porque lo necesitamos. Es un buen chico y nos ayuda a resolver nuestros problemas.

Ahora bien, quizá ustedes piensan que es extraño el modo en que nos ayuda: dejando

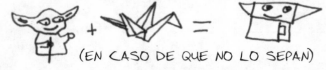

(EN CASO DE QUE NO LO SEPAN)

que hablemos con un títere de dedo hecho por él. ¿Y qué? De todos modos, nos ayuda.

El año pasado hizo muchas cosas por nosotros, en especial, evitó que hiciéramos el ridículo, pero también consiguió que Sara y Rhondella bailaran con nosotros.

Por lo tanto, creímos que empezaríamos el nuevo año con novias –o casi novias– y que recibiríamos consejos perfectos para resolver los dilemas que surgieran. Iba a ser fabuloso.

Sabemos que les debe sonar rarísimo, pero el asunto es que hemos llegado al punto en que hablar con un títere nos resulta bastante normal.

Tal vez se estén preguntando: ¿si Dwight es tan buen tipo, por qué está en problemas?

Bueno, culpamos a este chico llamado Harvey. Van a oír mucho sobre él. Si ustedes decidieran mandarlo a él al IEEC, no nos opondríamos.

Siempre odió a Yoda Origami, especialmente después de que este lo hiciera quedar como un tonto en la Noche de Fiesta. Por eso creó a Darth Paper, para que pelee con Yoda.

Claro que debemos admitir que a veces Dwight se mete en líos por sí solo.

Pero no por hacer cosas malas, sino cosas extrañas. Como la vez que llevó un yoyó gigante a la escuela. Pasó al frente en la hora de Lengua, lo revoleó y destrozó una lámpara de techo, que cayó en forma de lluvia sobre todos nosotros. La maestra hizo evacuar el aula, porque creía que las ampollas de vidrio estaban rellenas de un gas tóxico.

Por esa razón todo el tiempo le decimos que tiene que consultar a Yoda Origami antes de hacer cosas. Yoda Origami seguro que le hubiera dicho algo como: "Truco debajo de lámpara de luz hacer no debes".

De todos modos, ese no fue Dwight portándose mal, era simplemente Dwight cometiendo un error extraño.

Y aunque lo que ahora metió en problemas a Dwight suena tremendo, opinamos que también fue un error extraño. Estoy seguro de que la directora Rabbski les contó lo que Yoda Origami le dijo a Jen. No podemos explicarles por qué habló de la "Hora Cero" y de "Perdición", pero estamos convencidos de que no significaba nada malo. Y muchos otros chicos en el colegio piensan lo mismo.

Por eso nos reunimos para armar este expediente con relatos de historias que demostrarán que ¡Dwight y Yoda Origami no se han pasado al Lado Oscuro! ¡Son buenos chicos!

Atentamente,

Tommy Lomax
KELLEN CAMPBELL

SARA BOLT
RHondella CarRasQuillo
lance alexander
mike coley   Jacob Cornelius

Quavondo Phan
Amy youmans
Cassie Dillon
          nurky kahleel
Remi Minnick
Ben ManTRue
Caroline Broome James Suerez

KELLEN

YODA ORIGAMI
Y EL MOCOSO

POR KELLEN
(COMO SE LO DICTÓ A TOMMY)

Estimados miembros del Consejo Escolar:

Lo que les contaré demuestra que Dwight y Yoda Origami ayudan a resolver conflictos, a pesar de que esto haya sucedido en verano, fuera de la escuela. En este caso, Yoda Origami ¡le salvó la vida a un niño pequeño!

Porque de lo contrario, ¡yo mismo hubiera estrangulado al mocoso!

Lo digo en broma, por supuesto. No iba a matarlo, ni siquiera a lastimarlo. Ese era el problema. Era demasiado pequeño para que

PERO

lo golpeara. Todos hubieran dicho que era un monstruo por meterme con un niño pequeño.

Será chiquito, pero tiene una boca enorme.

Todo ocurrió este verano en el *skatepark* de Vinton. Mi mamá me dejaba allí camino a su trabajo y me pasaba a buscar a su regreso. Le había rogado e insistido durante meses para que me llevara, y había hecho toda clase de tareas para demostrarle que yo era lo suficientemente "responsable y maduro".

Tendría que haber sido un paraíso. Practicar trucos de *skateboard*, estar con mis amigos, almorzar comida chatarra y comprar refrescos repletos de azúcar en el negocio que está justo enfrente.

El problema era que el Mocoso vivía tan cerca del parque que podía ir caminando. Nunca sabías cuándo iba a aparecer. Y una vez que llegaba, ¡se quedaba para siempre!

Así es como empezó mi verano:

Moría por mostrarles a Lance y a Murky mi 50/50. Había estado practicándolo día y noche.

Me deslizo por el *bowl*, junto muchísima potencia y me preparo para el *grind*. Pero en vez de morder el borde, patino de costado a alta velocidad. La tabla se me escapa y caigo dentro del *bowl*, me lastimo la pierna justo debajo del protector de rodilla, me raspo la mano izquierda y golpeo fuerte con el casco.

Quedo tumbado en el piso por unos segundos, preguntándome si estaba muerto, cuando oigo una voz aguda, estridente y odiosa, que chilla desde el otro lado del *bowl*:

—Viejo, apestas.

Levanto la vista y veo a una figura diminuta recortada contra el furioso sol de verano. ¡Era el Mocoso!

Lance y Murky (que deberían haber saltado a la pista para ver si yo estaba bien) se empezaron a reír por lo bajo.

¿Cómo fue el resto del verano? Básicamente igual, una y otra vez. Intentas practicar algo con mucho esfuerzo y si no te sale, es: "¡Viejo, apestas!" o "¡Fallaste!". Si dominas un truco es: "No fue tan alto" o "Tony Hawk lo hace mejor".

Imposible zafar de él. Como ustedes saben, ese es el único lugar de la ciudad para practicar skateboard, y es bastante chico. Tiene el *bowl*, un par de barandillas y una mini rampa para principiantes. Y nada más. Hagas lo que hagas, el Mocoso está justo ahí para ver y criticar.

Y para colmo, él no sabía andar en skate. Simplemente caminaba por ahí con casco, rodilleras y patineta ¡sin un rasguño!

Tampoco vale la pena echarlo. Te contesta: "No te enojes conmigo, ¡no es mi culpa si te caes!".

Todos lo odiaban, pero yo más que nadie porque parecía tenerme de punto.

Como sea, al cabo de un par de semanas, estaba listo para partirle la cabeza con mi tabla.

—No puedes hacer eso, Estuqui —me aconsejó Murky, mientras estábamos tomando unos refrescos con Lance. ("Estuqui" es un invento

BOWL

BARANDILLAS

MINI

LUGAR DONDE ESTABA LA BASE ANTES DE CAERSE

de Murky, significa algo así como "amigo")—.
Es insoportable pero es solo un niño pequeño.

—Además, te puede ganar —añadió Lance.

—Muy gracioso —le respondí—. Es obvio que no
voy a pegarle al Mocoso, pero tengo que hacer
algo. Hasta estoy considerando ir a la colonia
de vacaciones, con mis hermanas.

MURKY

—¿A una colonia? ¿En serio? —preguntó Lance.

—Te volverás loco ahí —agregó Murky.

—Bueno, ya me estoy volviendo loco aquí.
No lo soporto más. ¿Qué puedo hacer?

—Pregúntale a Yoda Origami —dijo una voz.
Y apareció una mano por encima del estante de
las papas fritas, agitando a Yoda Origami en

LANCE

un dedo.

De repente, tuve una Nueva Esperanza.

—¿Eres tú, Dwight?

—Sí —respondió la voz de Dwight desde el
otro lado del exhibidor—. Estaba estudiando la
selección de fritos de carne que, les comento,
aquí son excepcionales, cuando escuché tu problema. Creo que Yoda Origami puede ayudarte.

—¿Qué rayos es eso? —exclamó Murky, medio hablando y medio riendo.

Pero Lance y yo dijimos algo como:

—Shhh, amigo, él es pura sabiduría Jedi.

—Yoda Origami, ¿qué puedo hacer con el Mocoso? —le pregunté, después de contarle lo que había estado ocurriendo.

El pequeño títere de papel verde empezó a hamacarse, y escuchamos una voz rasposa y quebrada: "Enseñarle tú debes".

—Eso me gustaría: enseñarle cómo mi tabla le parte la cabeza.

"¡No!", exclamó Yoda. "A andar en skate enseñarle tú debes".

—¿Qué? ¡De ninguna manera!

"Manera sí", sentenció.

Pasé del otro lado del exhibidor para decirle a Dwight lo estúpida que me parecía su idea. ¡Pero él no estaba allí! Tampoco Yoda. Solamente unos fritos de cerdo.

—¿Qué hizo? ¿Se teletransportó? —preguntó Murky.

FRITOS
DE PUERCO

—Seguro que está en el baño —dijo Lance.

La puerta del baño de hombres estaba cerrada. Lance intentó abrirla, pero tenía puesto el cerrojo.

—¿Estás ahí, Dwight? —grité.

No hubo respuesta. Esperamos unos minutos para ver si salía, y nada. Así que pagamos por las cosas y nos fuimos.

Cuando regresamos al parque, el Mocoso se estaba comportando como un mocoso, como siempre.

—Tienes que hacerlo —dijo Lance—. Yoda Origami siempre está en lo cierto.

—Sí, lo sé, pero si le enseño a andar en skate, ¡va a seguir viniendo!

—Tal vez se caiga de trasero y se vaya llorando a su casa para no volver nunca más —se ilusionó Murky—. Y problema resuelto.

Bueno. Le enseñé, y se cayó de trasero, y lloró. Pero no se fue a su casa.

Seguimos practicando. Todas las mañanas, antes de que llegara más gente, lo ayudaba

a manejarse en la mini rampa. Una vez que aprendió eso, le enseñé a subir y bajar por la rampa. Después, a cómo hacer el truco "rock and roll" en el borde.

Puede que estén pensando que les voy a contar que aprendió rápido y muy bien, pero no. Lo cierto es que apesta. Pero nunca se lo dije. Y él ya no me lo volvió a decir a mí, tampoco.

¿Cómo es que siempre hay un episodio con Dwight en el baño? Comentario de Harvey

Mi comentario: Fantástico... Harvey simplemente quiere el archivo para agregar sus comentarios "científicos" y esto es lo que aporta: chistes de baños.

Lo que me sugiere... El Mocoso me hace acordar a alguien. Déjame pensar... un chico que anda por ahí quejándose e insultando a la gente todo el tiempo. Solo que no sé a quién... (tos) Harvey (más tos).

De hecho, la historia que sigue se trata de las quejas y los insultos, ¡con el ultramolesto de Darth Paper agregado!

S
A
R
A

YODA ORIGAMI Y LA POLILLA ESFINGE COLIBRÍ

POR SARA

Estimado Consejo Escolar:

Es raro que sea yo quien les cuente esta historia pero, de una manera extraña, fui yo quien la provocó. Como una especie de efecto mariposa. Eso de que si una mariposa bate las alas en Japón, puede provocar una tormenta de nieve en Colombia, ¿vieron? Saben a qué me refiero, ¿no? Aunque, en realidad, supongo que en este caso habría que llamarlo "efecto polilla".

Lo que pasó fue que el primer día de clases la señora Porterfield, nuestra profesora de Biología, nos dejó elegir dónde sentarnos. Cada escritorio tiene dos sillas y el que se ubique en la otra, será el compañero de equipo para los proyectos.

Cuando llegué al aula, casi todos estaban ocupados, y no había nadie sentado con Dwight. Eso no me sorprendió. No lo digo con maldad, porque él ES mi amigo. Lo conozco bastante porque vivo en la casa de al lado. Pero la mayoría no lo conoce y tampoco desea hacerlo.

Por eso estaba dispuesta a ser su compañera. Me dirigía hacia ahí, cuando Amy saltó de un escritorio en el frente del aula y me llamó. Había reservado un asiento para mí.

AMY

Pude haber seguido y sentarme con Dwight, y nada de esto hubiera pasado. Pero me pareció realmente antipático con Amy, así que giré y fui a sentarme con ella, lo que fue un poco antipático con Dwight, aunque parecía que ni se había dado cuenta.

Cuando llegó el último alumno, solo quedaba libre el asiento de al lado de Dwight. ¿Y adivinen quién fue el último en llegar? Harvey.

Bien, cualquier alumno lo hubiera aceptado y se habría sentado con Dwight. Se hubiera quejado después, pero no habría dicho nada delante de él. Pero no Harvey.

—¡Me están tomando el pelo! —protestó, en un tono de voz muy alto—. ¿Este es el único asiento que queda?

Francamente, creo que todos nos alegrábamos de que fuera el último porque para cualquiera, tenerlo a Harvey de compañero de equipo hubiera sido peor que tenerlo a Dwight.

—Harvey, por favor, siéntate —ordenó la profesora Porterfield.

PROF.
PORTERFIELD

—No es un lugar permanente, ¿verdad? —gimoteó—. No tengo que quedarme acá todo el año, ¿o sí?

—Estoy segura de que puedo conseguir un asiento para ti en la oficina de la directora Rabbski —le dijo la profesora.

Ella había resultado ser buena para hacer bromas de ese tipo.

Harvey dejó escapar un suspiro ridículamente sonoro y se desplomó en la silla al lado de Dwight.

—Simplemente, no me molestes, moscardón —le gruñó.

—A propósito —anunció la profesora Porterfield—, durante las próximas semanas estaremos trabajando,

y mucho, con algo relacionado a eso. ¿Pueden adivinar de qué se trata?

Nadie pudo adivinar.

—La primera unidad es sobre insectos. Vamos a salir y estar al aire libre para buscarlos, mientras el tiempo esté lindo.

—¿Lindo? —gimió Harvey—, hacen treinta y dos grados afuera.

—Una vez más, Harvey —dijo la profesora—, si te parece más cómoda la oficina de la directora, puedo organizar para que pases allí un largo período.

Me estaba empezando a gustar la profe de Biología. Quizás ella podría ser la persona que consiguiera, por fin, hacerlo callar.

Al día siguiente, empezamos con la "recolección" de insectos. La profesora Porterfield nos contó que en la época que ella estudiaba Biología utilizaban frascos con veneno para matar a los insectos que atrapaban. Después los clavaban con alfileres en cajas.

Aparentemente, el sistema escolar decidió que el veneno no era seguro para nadie, y tampoco los

alfileres. Además, la profe nos dijo que era mucho mejor apreciar la naturaleza cuando aún estaba viva.

Por eso ella nos prestó una cámara de fotos digital con un accesorio raro. Cuando atrapabas un insecto, lo ponías en ese tubo de plástico y le tomabas una foto en primer plano. Después podías liberarlo y subir la imagen en una página de Flickr, que ella había habilitado para la clase.

—Si cada uno consigue por lo menos tres ejemplares, tendremos setenta y cinco fotos. Claro que lo difícil es atrapar setenta y cinco que sean DIFERENTES. No queremos tantas fotos del mismo tipo de hormigas.

Súbitamente, Dwight alzó la mano, y no para preguntar algo. Tenía a Yoda Origami en el dedo y este dijo: "Una polilla esfinge colibrí atraparemos".

He notado que cuando Yoda Origami habla, utiliza un tono de voz distinto dependiendo de si está dando una orden, afirmando un hecho o prediciendo el futuro. Este era decididamente el tono de la predicción.

—Ja —exclamó Harvey.

Y levantó a Darth Paper: "Tus poderes son débiles. Jamás atraparás una esfinge colibrí".

–Bien –repuso la profesora Porterfield, como si fuera completamente normal tener dos títeres de dedo hablando en clase–. Es cierto que es difícil ver polillas esfinge colibrí. Sin embargo, el año pasado, un alumno pudo atrapar una polilla esfinge común.

"Una polilla esfinge colibrí encontraremos", insistió Yoda, en su voz de estar afirmando un hecho.

–Mira, Dwight –dijo Harvey, en su tono quejumbroso habitual–. Participé en un campamento de estudio este verano y tuvimos dos semanas de Entomología, y nadie en todo ese tiempo pudo VER siquiera una de esa especie.

"Una polilla esfinge colibrí veremos", sentenció Yoda Origami, en su voz de mando.

"¡Tu cerebro también es débil, anciano!"

–Está bien, ya –interrumpió la profesora–. No perdamos más tiempo en pensar qué insectos vamos a encontrar. Salgamos a buscarlos. Dwight, no te preocupes por ninguno en particular. Lo que consigas sirve, aunque no sea una polilla esfinge colibrí.

A cada equipo se le dio una red y todos salimos a buscar insectos en los límites del campo de fútbol. Hacía mucho calor, pero fue divertido.

—Si atrapan una abeja, guárdenla en la red hasta que yo pueda ayudarlos con ella —nos avisó la profesora, mientras todos nos íbamos a corretear por ahí. Todos menos Dwight y Harvey, que seguían en la puerta, discutiendo por ver quién llevaría la red.

Amy y yo fuimos el primer equipo en atrapar algo. Era una mariposa. La profesora Porterfield le tomó una foto y nos dijo que más tarde utilizaríamos una guía de campo para identificarla.

—Es una dorada línea larga —afirmó Harvey.

—OK, Harvey —intervino la profesora—, ocúpate de buscar las tuyas en vez de meterte con los otros equipos.

—¿Cómo puedo conseguir mis insectos si Dwight no me deja usar la red?

Ella suspiró, y me alegré de no haberme ensartado con Harvey.

Así continuó durante toda la semana. Todos atrapábamos insectos, mientras Harvey protestaba, se entrometía en los demás equipos y le decía a Dwight: "Nunca atraparás una polilla esfinge colibrí", una y otra vez.

Dwight resultó ser el mejor atrapa-insectos. Noté que, en lugar de correr por todas partes, él se movía muy, muy despacio y de repente: *zuuushhh*, cazaba uno.

Pero, aunque atrapó siete clases distintas de mariposas y una mantis religiosa, no consiguió ninguna polilla esfinge colibrí.

Cuando Dwight atrapaba algo, Harvey le quitaba la red y gritaba:

—Una papilio. ¡Te dije que no sería una polilla esfinge colibrí!

Nos hartamos de oírlo. Quiero decir, Harvey parecía creer que lo único que nos interesaba era si Dwight cazaba o no una polilla esfinge colibrí.

Al final de la semana, SÍ que nos importaba. Amy y yo, y varios equipos más, nos pusimos a buscar una para dársela a Dwight en secreto.

Pero llegó el viernes y ni siquiera habíamos visto una. La verdad es que no sabía mucho cómo eran.

Cuando quedaban diez minutos nada más, todos íbamos de un lado a otro intentando hallarla. Mientras, Dwight permanecía de pie, inmóvil, sujetando su red. Y Harvey, que había renunciado a turnarse con su compañero, trataba de agarrar insectos golpeando con las manos ahuecadas entre las rocas.

De repente, se oyó un *buzzzz* y un *¡Ziip!*: Dwight tenía algo en la red. Se acercó tranquilo a la profe.

Ahora bien, a algunos chicos todo el asunto los tenía sin cuidado, pero Amy, un par más y yo, moríamos por saber si era una polilla esfinge colibrí. Lo que fuera, era grande y zumbaba. La profesora tuvo dificultades para sacar el insecto de la red y ponerlo en el accesorio de la cámara, pero por fin lo consiguió. El ejemplar se quedó completamente inmóvil dentro de la burbuja. Era increíblemente hermoso: con alas brillantes y transparentes, una extraña nariz alargada y enrollada, y un gran cuerpo gordo y aterciopelado.

—¿Qué es? —preguntó Harvey, tratando de ver por encima de mi hombro.

—Es una polilla esfinge colibrí, señor Sabelotodo Harvey —le respondió la profesora Porterfield.

Al día siguiente, la profesora colgó en el aula la foto impresa de la polilla esfinge colibrí y todavía está allí colgada. Y Harvey por fin dejó de hablar, por lo menos en la clase de Biología.

Las cosas no ocurrieron para nada de esa forma. Pero ya no te interesa más la verdad. Esta es la verdad: cualquiera que tuviera que cargar con Dwight, terminaría quejándose.

Mi comentario: Dwight me parece un buen compañero de equipo. Consiguió muchos insectos, y los dos sacaron un 10 por la colección.

¡Cómo me hubiera gustado que me tocara sentarme con Sara! ¡Casi no la he visto este año!

¡GRAN ESCORIA JEDI! ¡DEBERÍAN HABERME DEJADO INTENTARLO A MÍ!

MIKE

YODA ORIGAMI
Y EL NO-VIDEOJUEGO

POR MIKE

Estimados miembros del Consejo Escolar:

Todas las mañanas, mis amigos Lance, Hannah, Murky y yo, antes de entrar a clase, pasamos un rato en las computadoras de la biblioteca y jugamos a este increíble juego on-line: Clone Wars StrikeTeam (o *La fuerza de choque de las guerras de los clones*). Jugamos todos a la vez y tenemos que cooperar para ganar.

Otros chicos, como Harvey, Remi y Ben, también juegan a algo o miran sus e-mails. Es una manera divertida de empezar el día escolar.

Por lo menos, ¡lo era!

¡COOPEREMOS!

¡APRENDAMOS VALIOSAS LECCIONES!

Ah, y además aprendíamos valiosas lecciones sobre trabajo en equipo, planificación, matemáticas, coordinación visión/manos y otras habilidades que ayudaban a nuestra educación, y que probablemente mejorarán nuestro rendimiento en los Exámenes de Nivel.

Pero un día, hace como un mes, fuimos a la biblioteca y había carteles por todas partes que decían:

PROHIBIDO EL E-MAIL

PROHIBIDO EL CHAT

PROHIBIDO FACEBOOK

PROHIBIDO ¡¡¡LOS VIDEOJUEGOS!!!

Nos sentamos a jugar de todos modos, pero no pudimos ingresar al sitio web. Fue ahí cuando se acercó la señora Calhoun y nos dijo que la nueva política de la biblioteca era: nada de juegos. Explicó que el sitio Clone Wars había sido bloqueado, como otros. También nos dijo que si encontrábamos algún videojuego que no estuviera bloqueado, de todas formas no podríamos jugar, y si nos atrapaba haciéndolo, nos echaría de la biblioteca.

Empecé a discutir con ella; pero no fue una buena idea porque a veces me pongo nervioso.

SRA. CALHOUN

¡SOLO ESTOY UN POCO NERVIOSO!

La bibliotecaria me despachó a la dirección.
Rabbski dijo que estaba decepcionada de verme
llorar por unos tontos jueguitos y que un poco
de Suspensión Interna ayudaría a calmarme. Traté de
explicarle la diferencia entre lágrimas de furia y
lágrimas buuuá. ¡Pero nadie me escucha!

Rabbski me comunicó que de todos modos no había
sido una decisión de la bibliotecaria. Quienes habían impuesto la política de prohibir los videojuegos eran los miembros del Consejo Escolar.

LÁGRIMA
TRISTE

LÁGRIMA
ENOJADA

Por lo tanto, primero, quisiéramos pedirles que
modifiquen esa política. Los juegos que practicamos
son muy estratégicos y educativos. Como el ajedrez,
pero con espadas de luz y otros accesorios.

Segundo, les cuento lo que sucedió después.

Mientras estaba en SI, me di cuenta de que tendría que haberle consultado a Yoda Origami antes de
hacer algo.

Salí de la SI justo antes del almuerzo, y fui
con Murky a buscar a Dwight.

—Yoda Origami, ¿cómo podemos hacer para que la
señora Calhoun nos deje jugar otra vez?

"Ella a ustedes jugar permitirá."

—¡No, no lo hará! Puso un cartel.

"Cartel yo vi. Prohibido los VIDEOJUEGOS, decía."

—¡Sí! Es lo que dije recién.

"Otro tipo de juegos hay."

—¿Qué? ¿Te refieres al ajedrez o algo así? Eso es aburrido.

—El ajedrez no es aburrido —sostuvo Dwight.

—Bueno, comparado con Clone Wars StrikeTeam, sí lo es. Y no te olvides de que ya prohibieron los juegos de cartas. Nada de Magic, nada de Pokémon.

"Hay otros", sugirió, en un tono realmente místico. "Preguntarle al profesor Snider deben".

El señor Snider fue mi profesor de Lengua el año pasado. Era buen tipo. No perdería nada con preguntarle.

Fuimos a la sala de maestros después de clases. Nos dijo que cuando él era chico, allá por la década de los setenta, no se podía jugar a los videojuegos porque no existían las computadoras. Y tampoco se había inventado Pokémon. Pero sí jugaba a La Guerra de las Galaxias con sus amigos.

PROF.
SNIDER

—Vaya, no he pensado en ese juego en muchos años —comentó.

Buscó una hoja de papel y dibujó una Estrella de la Muerte en el centro. Luego dibujó tres Ala-Xs en una esquina y tres cazas TIE en la esquina opuesta. Agregó algunos asteroides.

—Eh... ¿y eso es un juego? —preguntó Murky.

—Sí. Ya verás —dijo el profesor Snider, y sacó un lápiz de una gaveta.

—¿Qué prefieres: Rebeldes o Imperio?

—Rebeldes —eligió Murky.

—Bueno, uso los cazas del Imperio, entonces —dijo el profesor.

Colocó la punta del lápiz sobre un TIE y lo sostuvo, en forma vertical, con el dedo índice desde arriba. Observó el papel, entrecerrando los ojos. Con su otra mano, formó un círculo: el pulgar sujetó al dedo índice, y se colocó en posición. Soltó el índice muy rápido, y este golpeó al lápiz, bien cerca de la punta.

El lápiz salió volando y dejó una marca en el papel de unos dos centímetros de largo.

LA NAVE SE DESTRUYE

PIERDE EL TURNO

ASTEROIDE

—Humm, he perdido mi puntería —dijo—. ¿Pero ven cómo se hace? Si le das a una nave con tu "disparo", la destruyes. Si no, debes mover tu nave hasta el final de la marca. El primero que derriba todas las naves del contrario, gana.

Pero no puedes andar disparando como en los videojuegos, porque si le erras al enemigo por dos centímetros, tu nave debe moverse hasta ahí y queda a dos centímetros de la nave enemiga, entonces al otro le resultará muy fácil destruir tu nave en su turno. Realmente hay que usar estrategias.

¡NUNCA ME DIGAS LAS PROBABILIDADES!

Ese fue el comienzo de las Guerras de Lápices. Ahora hay otros grupos jugando también, y les hemos agregado toda clase de reglas adicionales, más naves y cantidad de jugadores que pueden pelear, y otras cosas más.

Además, el profesor nos contó de otro juego con lápices que ellos llamaban Carrera de Obstáculos y que a Murky le pareció perfecto para Podracing (carreras de Pods).

¡Viejo, es genial jugar con cuatro tipos que intentan impulsar sus Prodacers a través del Cañón

¡IUPI!

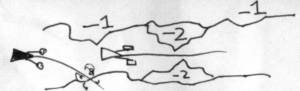

del Mendigo sin tocar las paredes ni a los otros! Quiero decir, aún les pedimos a los miembros del Consejo que nos permitan volver a jugar a los videojuegos, pero mientras tanto, esta es una solución fabulosa.

Comentario de Harvey

Sí, claro, y es "fabuloso" querer estudiar en la biblioteca, mientras un grupo de tontos están sacudiendo lápices y gritando: "Sí, sí, te destruí".

¡Los juegos de lápices apestan! ¡Traigan los juegos de computadora de vuelta!

Mi comentario: Harvey está furioso porque la única vez que jugó, Hannah destruyó toda su flota de cazas TIE, antes de que él pudiera siquiera tocar uno de sus Ala—Xs.

No quiero volver al asunto "¿Yoda Origami es real?", pero es particularmente extraño que el profesor Snider les dijera que no había pensado en esos juegos en años. Entonces, ¿cómo lo sabía Yoda/Dwight?

De todas formas, considero que a los miembros del Consejo les va a gustar este relato, porque muestra a Dwight ayudando a los demás a encontrar buenas alternativas a los videojuegos o a protestar por su prohibición. Nuestro guía siempre nos habla de "soluciones positivas". Bueno, esta es una. La próxima también lo es. Me hubiera gustado estar en ella.

Paso 1— Dibujar la pista

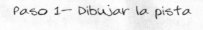
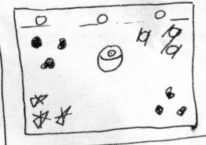

Paso 2— Turnarse para disparar y mover sus naves... Si le das a un caza enemigo, ¡lo destruyes!

Paso 3
Si no... mueve tu nave hasta el final de tu línea.

Cuidado con los asteroides y chicos malos

Paso 4
Aniquila las naves enemigas, ¡y gana!

VARIANTES...

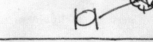 Los Escudos del Halcón pueden sobrevivir al 1er disparo

LOS TIE de Vader pueden disparar/moverse ¡dos veces por turno!

LANCE

YODA ORIGAMI Y LAS PIZZETAS DEL AMOR EXPLOSIVAS

POR LANCE

Estimado Consejo Escolar:

Lo que les voy a contar es realmente extraño, porque Yoda Origami me dio su consejo el año pasado, pero recién este año entendí por qué había sido un buen consejo.

Pues miren, justo antes de terminar sexto grado, teníamos que elegir los cursos que queríamos hacer en séptimo.

No podía decidirme entre Robótica LEGO y Modelismo de Cohetes. Por un lado, ya tengo una caja de Robótica LEGO en casa y pude hacer algunas cosas geniales con ella, así que pensé que esa clase podría ser divertida. Por otro lado, siempre quise lanzar un cohete a

escala, pero mi mamá se negaba. Entonces le pedí que por favor me dejara tomar la clase, porque la profesora Budzinski no iba a permitir que yo me volara en pedazos. ¡Y dijo que sí!

A pesar de eso, seguía indeciso. Decidí consultar a Yoda Origami. Durante el almuerzo me acerqué a la mesa de los nerds. Yo también soy un nerd, supongo, pero no soporto sentarme con ellos porque hay uno que me molesta, y mucho.

–Hola, chicos; hola, Yoda –saludé–. ¿En qué curso les parece que me anote: Robótica LEGO o Modelismo de Cohetes?

Dwight me dijo que tal vez no consiguiera entrar en el de Modelismo, porque todos querían hacer ese curso.

Un segundo más tarde volvió a contestar él, pero con su atroz imitación de Yoda:

"Alfabéticamente elegirán", anunció. "Alexander Lance elegir cualquiera puede".

–¿Quieres decir que porque mi apellido empieza con A, puedo elegir lo que quiera? Fabuloso –dije–. ¿Entonces, cuál elijo, Cohetes o LEGO?

"Ciencias de la Familia y el Hogar elegir deberías, ¿eh?".

—¿Qué es eso?

—Es como aprender a cocinar, a coser y a usar cupones —dijo Kellen.

—Ah, te refieres a Economía Doméstica. ¿No es para chicas? —pregunté.

—¿Perdón? —chilló Rhondella desde la otra mesa—, NO es solamente para chicas. Es para cualquiera que no quiera ser un idiota ignorante cuando salga del colegio.

Y por la forma en que ella y las otras me miraron pude adivinar que votarían por mí como el mejor candidato a "Idiota Ignorante". No me importaba si Rhondella me miraba mal, pero fue horrible ver a Amy fulminándome con la mirada. Yo creía que ella gustaba de mí.

Cada vez estaba más confundido. Al día siguiente, cuando el señor Howell nos entregó las solicitudes en el salón, seguía indeciso.

Me di vuelta para preguntarle a Dwight si estaba seguro con eso de Economía Doméstica. Él ya estaba plegando su formulario para armar un Almirante Ackbar.

—Dwight —susurré—, ¿por qué Economía Doméstica?

Agitando a Yoda Origami comenzó con: "Ehh...".

—¡Dwight! —vociferó el señor Howell—. ¿Cuántas veces tengo que decirte que guardes ese títere? ¿Y qué estás haciendo con tu solicitud?

—Que comience el ataque al reactor principal de la Estrella de la Muerte —ordenó el Almirante Ackbar Origami.

Howell gritó un rato más y después castigó a Dwight con Suspensión Interna.

—El resto de ustedes, pasen sus formularios hacia el frente —nos gruñó.

No tenía más tiempo, ni más ayuda de Yoda. Pero soy creyente. Hice una marca al lado de Ciencias de la Familia y el Hogar.

Y eso fue el año pasado. ¿Qué pasó? ¿Me gusta más este curso que lo que me habría gustado Robótica o Modelismo de Cohetes?

Bueno, les cuento. Al llegar a clase el primer día, había solo dos varones anotados. Tater Tot y yo. No somos grandes amigos ni nada, pero supuse que nos sentaríamos juntos y haríamos equipo en Cocina o lo que fuera. Olvídalo. ¡Ni me miró y se sentó con Sara!

En seguida llegó Amy y vio que el asiento al lado de Sara estaba ocupado. Luego me miró. Se sentó conmigo y

desde entonces ¡trabajamos todos los proyectos juntos!

Y nunca más me volvió a mirar como a un Idiota Ignorante, salvo la vez que nuestras pizzetas explotaron en el microondas porque las puse por tres minutos, en lugar de treinta segundos. Pero entonces ella se rio y me ayudó a limpiar.

Comentario de Harvey

¡Gracias a Boba Fett que no tomé ese curso! Si hubiera tenido que ver a Lance y a Amy mirándose embobados, mientras limpiaban el microondas, habría vomitado hasta mi cerebro.

¿Quieren saber la verdad detrás de la misteriosa predicción de la Bola de Papel?

Dwight tenía miedo de no entrar en el curso de Modelismo de Cohetes porque su apellido es Tharp. Así que convenció a Lance de que no lo hiciera y probablemente, a otros idiotas también. ¿Y adivinen qué? Dwight entró al curso de Modelismo de Cohetes.

Mi comentario: Humm, es cierto eso de que Dwight entró en el curso de Modelismo de Cohetes. Pero, francamente, ojalá Yoda Origami me hubiera dicho a MÍ que me anotara en el curso de Economía Doméstica. ¡Así me sentaba yo al lado de Sara y no ese tonto de Tater Tot!

¿Cómo se supone que conseguiré que sea mi novia si casi no puedo verla y, además, ese Tater Tot se sienta todos los días con ella y le prepara bollos de pizza?

ANTES PENSABA QUE HOWELL
SE PARECÍA A JABBA...
¡PERO AHORA CREO QUE SE
PARECE MÁS A UN RANCOR!

¡MURKY!

YODA ORIGAMI
Y YODA

POR MAHIR KAHLEEL (ALIAS MURKY)

Consejo Escolar:

El otro día, después de ver *El Imperio contraataca* por millonésima vez —¡un híper peliculón!—, me quedé pensando en Yoda... Si en esa peli él tenía novecientos años, en *La amenaza fantasma* tendría unos ochocientos setenta. Entonces: ¿¿¿qué estuvo haciendo todo ese tiempo antes de las películas, y de dónde viene???

Así que busqué en la Wookieepedia... había algo, pero aparentemente, ¡¡¡nadie sabe nada!!! George Lucas no lo dice, y tampoco permite que ningún guionista de la saga lo revele. Pero luego se me ocurrió que tal vez, después de todo, no necesitaba a Lucas. Iría al colegio y hablaría con Yoda Origami. ¡Si hay alguien que lo tiene que saber, es él! Así que le pregunté:

YO: ¿De dónde eres? No me refiero a Dagobah. Quiero decir, ¿cuál es tu origen?

YODA ORIGAMI: Un árbol.

YO: ¿Qué? ¿Qué tu especie vive en los árboles? ¿Cómo los monos? ¿O los Ewoks?

YODA ORIGAMI: No. De un árbol yo vengo. Y luego de Compañía de Origami de Papel Asami.

YO: Ah.

ALUMNO MOLESTO DE 7mo, HARVEY: ¡Ajá! ¡La verdad! ¡La verdad, por fin! El mismo Yoda Origami admite que no es más que un pedazo de papel.

TOMMY, AMIGO DE KELLEN: Sí, claro, pero es la primera vez que reconoces su existencia. Dijiste: "El mismo Yoda Origami admite".

HARVEY: Ja. Ja. Sabes a qué me refiero. No importa quién lo dijo, el asunto es que sigue siendo solo un poco de pulpa de madera sacada del tronco de un árbol. Ninguna Fuerza mágica, un simple árbol.

YODA ORIGAMI: La Fuerza por todas las cosas vivas fluye... plantas y animales... Wookiees y árboles.

HARVEY: Como sea.

YO: ¿Y el Yoda verdadero?

HARVEY: El verdadero Yoda no existe, es solo un...

YO: Viejo, ¿puedes callarte por un minuto?

HARVEY: ¿Y por qué me tendría que callar? Esta es mi mesa. Si no te gusta escucharme, puedes irte a otra parte.

KELLEN: No es TU mesa, Harvey, es la mesa de...

HARVEY (colocándose el títere de Darth Paper en el dedo): ¡No me obligues a destruirte!

YODA ORIGAMI: Mucho ruido aquí hay. A la fila de los helados vayamos.

Nos fuimos y nos pusimos en la fila para comprar helados.

YODA ORIGAMI: ¿Un secreto guardar puedes? ¿Nunca revelarlo?

YO: Seguro. Absolutamente.

Y entonces Yoda Origami susurró la respuesta en mi oído, y era algo ¡¡¡totalmente estuqui!!!

Encaja a la perfección con todo el relato de *La Guerra de las Galaxias* y tiene sentido, y además es sorprendente.

Comentario de Harvey

He mantenido mi promesa de guardar el secreto.

¡Por favor! ¿Encima pretenden que me crea eso? ¿Tiene algún sentido, aparte de probar que Murky no debería haber pasado a sexto grado, ni a quinto? Cosas como: "híper peliculón" y "algo totalmente estuqui", ¿significan algo siquiera?

Mi comentario: Creo que quieren decir que todo es extraordinario. Eso sí, no estoy muy seguro de que aporte mucho a favor del caso.

¡ESTUQUI!

CAROLINE

YODA ORIGAMI
Y LA CURA MILAGROSA

POR CAROLINE

Queridos miembros del Consejo Escolar:

Ahora soy alumna de la Academia Tippett, pero el año pasado estaba en la Escuela McQuarrie y tuve el maravilloso privilegio de conocer a Dwight Tharp y de que sea mi mejor amigo.

Me ayudó a superar un conflicto con un bravucón, y este año, en el nuevo colegio, me ayudó con un problema muy distinto.

Aquí hay mucho de eso de "comprender nuestras diferencias". Eso estaría bien pero, como la única diferente soy yo, es un dolor de cabeza.

¡ESO
sería
muy
útil!

Verán, sufro de una importante dificultad para oír. Mi otorrino lo llama "sordera profunda", aunque es algo diferente a ser totalmente sorda. Puedo oír bastante con mis audífonos, y puedo leer los labios como un ninja (no quiero decir que los ninjas lean los labios: sino que soy así de buena y veloz).

De cualquier modo, me las arreglo lo más bien sin ningún trato especial. Y no tuve ninguno en McQuarrie. Los demás estaban acostumbrados a mí y nadie hacía ninguna cuestión con el tema.

Pero en la Academia Tippett TODOS le dan mucha importancia al asunto. Y están tan dedicados a demostrar que "comprenden las diferencias", que nunca tuve la oportunidad de ser normal.

Algunos chicos toman clases de lenguaje para sordos y se la pasan haciéndome señas. Muchachos, ¡nunca aprendí ese idioma, siquiera! Les digo que sé leer los labios y ellos insisten en seguir moviendo sus dedos.

Lo peor de todo es que algunos hasta se llegan a pelear para hacerse amigos míos. Principalmente porque quieren mostrarles a los demás que son amigos de alguien "diferente".

Bueno, me harté rápidamente y se lo conté a Dwight cuando hablé con él una noche. (En caso de que se lo estén preguntando: si tiene el dispositivo para subir el volumen, sí puedo hablar por teléfono. Tengo dificultades para entender a algunas personas, pero con Dwight me manejo muy bien).

DWIGHT: ¿Por qué no le preguntas a Yoda Origami?

YO: Vamos, Dwight, solo dime qué hacer. No tienes que hacer eso de Yoda Origami conmigo.

DWIGHT: Pero yo no sé qué tienes que hacer. Sin embargo, creo que Yoda Origami sí.

YO: ¿Estás bromeando?

DWIGHT: No. Realmente debes consultarle a él.

YO: ¿Por teléfono?

DWIGHT: Creo que eso no funcionaría. Tiene que hablar contigo en persona.

YO: Bueno. ¿Le podrás pedir a tu mamá que te lleve en el auto hasta Wendy's? Nos vemos allí.

De vez en cuando nos encontrábamos en Wendy's, ya que no nos veíamos en la escuela. Mi papá lo llama "citas". Pero no lo son. No exactamente.

Como sea, allí Dwight ordenó el menú infantil y yo pedí un Frosty y una ensalada.

Menú
infantil
Juguete
gratis

En cuanto nos sentamos, Yoda Origami anunció: "Que cura milagrosa tuviste decir debes".

—Pero no hubo ninguna cura milagrosa —lo frené—, mi especialista dice que...

"Cura milagrosa no necesitas", me interrumpió Yoda Origami. "Decirles solamente".

—Espera, ¿él me está diciendo que les debería decir que me curé?

—Sí, creo que sí —opinó Dwight, debajo de la mesa—. ¿Has visto este periscopio? Es el mejor juguete de comida infantil del mundo. ¡Puedo verte!

Luego volvió a alzar a Yoda Origami:

"Banda adhesiva necesitarás".

Cuando regresé el lunes al colegio, la primera persona con quien me topé fue Willow.

—¡HOLA, CAR-O-LINE! —me gritó.

—Ya no hace falta que grites —le indiqué—. Mi cirugía fue un éxito total —. Señalé las dos bandas pegadas en mi frente.

—¿QUÉ? —me preguntó.

—¡Shhh! Eso me aturde —le informé—, ahora escucho por encima de lo normal.

—¿En serio? —se sorprendió.

¿¿En serio??

66

Era mucho más fácil para mí leer sus labios si no gritaba ni separaba las palabras en esas sílabas eternas.

—Sí, estoy curada.

—Pero todavía tienes puestos los audífonos —señaló, con esperanzas. Como si deseara que yo siguiera siendo un poco "diferente", así podía "comprenderme".

—Mi médico me sugirió llevarlos por un tiempo, para que mis orejas se adapten bien —le comenté. Eso no tenía sentido, por supuesto, pero tampoco lo tenía que me gritaran, y ella lo había estado haciendo desde hacía veinte días.

Al cabo de una semana, me quité las vendas adhesivas y eso fue todo. Yo seguía siendo un poquito "diferente", pero no tan "diferente" como para ser el centro de atención.

Muchos, como Willow, dejaron de ocuparse de mí pero un par, como Naomi y Emily, resultaron ser amigas de verdad. Y ni me había dado cuenta.

Es cierto, no siempre entiendo lo que todos me dicen, pero ahora ya sé a quién vale la pena escuchar y a quién puedo hacer como que escucho, aunque no.

Así que, como pueden ver, Dwight y su Yoda Origami realmente ayudan a la gente. Y si lo echan de la escuela, no podrá hacerlo nunca más. Es un tipo estupendo.

Increíble. ¿Pueden imaginarse estar en público y que
Dwight ande por ahí con esa cosa, haciendo la peor
imitación de Yoda? ¡Eso sí que te hace quedar en
ridículo!

Mi comentario: Primero que nada, con Darth Paper tú
avergüenzas tanto como él. El hecho de que hagas una
mejor imitación es aún más ridículo.

Segundo, una vez más, no lograste captar el verdadero
sentido de esta historia.

¡OTRA CITA ROMÁNTICA
CON DWIGHT!

QUAVONDO

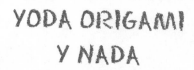

YODA ORIGAMI
Y NADA

POR QUAVONDO

Estimado Consejo Escolar:

Mi historia sobre Yoda Origami empieza con el Señor Sana Diversión y su mono.

Me parece extraño que cuando un chico tiene un títere, lo quieran mandar al IEEC, pero cuando un adulto es el que lo tiene, ustedes lo contraten para que nos dé presentaciones sobre cómo lavarnos las manos, etc.

Claro que esta vez el Señor Sana Diversión no vino a hablar de la salud, como siempre; sino a despertar nuestro entusiasmo para recaudar fondos para la escuela.

Llegó el momento
FONDOS CON PALOMITAS DE MAÍZ

¡PREMIOS!

¡PREMIOS!

¡PREMIOS!

¡DIVERSIÓN!

¡DIVERSIÓN!

¡DIVERSIÓN!

¡¡¡Prepárense para un poco de DIVERSIÓN SANA Y PURA!!!
¡El Sr. Sana Diversión y su Mono vienen a ALENTARNOS
en la campaña de venta de las latas coleccionables
de PALOMITAS DE MAÍZ para apoyar a nuestra ESCUELA!

Dónde: en la cafetería   Cuándo: este lunes en la 2da hora

Nota: asistencia obligatoria

—Me pregunto qué tipo de porquería querrán que vendamos este año —le susurré a Cassie, mientras entrábamos al gimnasio para la asamblea. Lamentablemente, el señor Howell me escuchó. Había sido profesor mío el año anterior y siempre me odió.

"Bueno, con esa actitud no vas a vender nada", me dijo. "Ven aquí, jovencito".

Y comenzó a gritarme ahí no más. No sé muy bien por qué, pero eso de meterte en problemas con un maestro del grado anterior es el doble de humillante.

—¿Tienes idea, al menos, de por qué nuestra escuela necesita esta colecta? Ese dinero va a solventar las clases electivas, pues el Estado cortó los fondos para la "educación no esencial". ¿Comprendes?

Le dije que sí, pero supongo que se dio cuenta de que yo no tenía idea de qué me estaba hablando.

—¿En qué electiva estás tú?

—No sé. ¿Demócrata?

—¡No! Me refiero a clase electiva, como Música o Arte.

—Ah, estoy tomando la clase de Robótica LEGO con el profesor Randall.

Howell elevó sus terribles ojos amarillos al cielo.

SR. SANA
DIVERSIÓN

ESPUMA
EL MONO

—Bueno, va a ser bien difícil para ti construir un robot LEGO sin piezas de LEGO. Eso es lo que ustedes no entienden. Mira, el dinero tiene que salir de algún lado y...

Afortunadamente, el Señor Sana Diversión y Espuma, su mono, salieron al escenario en ese momento y el señor Howell dejó que me fuera a sentar.

Nos mostraron unas minilatas de palomitas de maíz que teníamos que vender. Cada latita era una pieza coleccionable, nos indicaron. Una tenía escenas de una casa en una tormenta de nieve, pintadas por alguien famoso. O podíamos vender una con los colores de algún equipo de fútbol, con motocicletas, gatitos o americanos nativos. Y las palomitas de maíz venían en varios sabores.

¡QUÉ DIVERTIDO! Hicieron circular unos catálogos con los productos Diver-edu, en los que estaban todos los modelos de latas. ¿QUÉ? ¿Diez dólares una lata? ¿Cómo se supone que vamos a vender palomitas de maíz en una latita horrible, a diez dólares? ¡Y menos podríamos vender la de tamaño estándar a veintitrés dólares!

Después escuchamos que aquellos cursos que más vendieran tendrían una fiesta de pizza, y el Señor Sana Diversión nos mostró un gran frasco con monedas de un dólar, y dijo

¡IUPI!

¡SÍÍÍ!

que el que vendiera más latas podría llevárselo. ¡Grandioso! Quizás el ganador se podría llevar como diez dólares para comprarse... una lata de palomitas.

Noté que el Señor Sana Diversión no abrió ninguna de las latas para que probáramos. Seguro que sabía que hubiéramos vomitado.

Así que cuando llegué a la clase de Robótica, le pregunté al profesor Randall si realmente teníamos que vender palomitas de maíz para comprar los LEGO.

PROF. RANDALL

Nos dio una larga explicación sobre los fondos para los cursos electivos pero, básicamente dijo "sí". Parecía avergonzado de que tuviéramos que salir a vender esas estúpidas latas.

—¿Se acuerdan que me preguntaron si iríamos a la Primera Competencia Regional de LEGO? ¿Y que yo les dije que debíamos esperar y ver? Bueno, esto es lo que estábamos esperando ver: cuánto dinero recaudaríamos.

—Ajjjjj —protesté.

En el almuerzo fui a buscar a Dwight. Durante estos días él anda cabizbajo, porque su novia no está más, pero su Yoda Origami parece el mismo sabio Jedi de siempre.

—Yoda Origami, ¿cómo se supone que voy a vender todas esas latas? —le pregunté.

Mientras, Dwight con una mano sumergía el pan en un charco de salsa y con la otra sostenía a Yoda.

—Demasiado tarde —comentó Kellen—. Ya le preguntamos.

—Bueno, ¿y qué dijo?

"Nada vender deben", respondieron Yoda Origami, Kellen y Tommy al mismo tiempo.

—Pero es que tenemos que hacerlo —les expliqué—. Aparentemente, esa es la única manera de que podamos llevar a nuestros robots a la Primera Competencia Regional.

—Sí —dijo Kellen—. La profesora Richards nos dijo lo mismo en la clase de Arte. Tenemos que vender esa porquería para poder pagar los materiales artísticos.

—¿Pero cómo? —pregunté.

"Nada vender deben", repitió Yoda Origami.

—Sí, ya te escuchamos, Dwight —vociferó Harvey desde el otro extremo de la mesa—. Tu tonto consejo es más tonto que lo habitual. No me obligues a sacar a Darth Paper para hacerte callar.

Entonces Kellen y Tommy empezaron a gritarle a Harvey. Últimamente se la pasan peleando todo el tiempo.

Pero yo me puse a pensar... tal vez Yoda Origami nos estaba diciendo algo práctico. Digo, siempre lo hace.

—¿No quieres que vendamos nada?

Yoda sacudió la cabeza de un lado a otro: "No. Nada vender deben".

—Por todos los cielos —protestó Harvey, y empezó a sacar a Darth Paper de su mochila.

Me fui a ver si había un asiento en la mesa de Murky. No soportaba escuchar a Harvey ni un minuto más.

Después de clases, fui a ver al profesor Randall antes de que llegara el autobús de la escuela.

—Si vendo una latita de palomitas por diez dólares, ¿cuánto de ese dinero va al fondo?

—Bueno, no los diez dólares. Me consta —afirmó—. Está el costo de las palomitas y de las latas...

—Y de esas decoraciones horribles —agregué—, y también hay que pagarle al Señor Sana Diversión.

¡QUIERO MIS $$$!

—Y a su mono —añadió Randall con una sonrisita—. De hecho —continuó—, escuché que el colegio se queda con la mitad del dinero. Pero no digas que te lo dije.

—O sea, que supongamos que convenzo a mi abuela de que ayude a la escuela y me compre una latita escandalosamente sobrevaluada, que ella ni siquiera desea. ¿Cuánto recibe la escuela? ¿Cinco dólares?

¡ABUELA DE Q! →

75

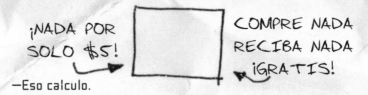

¡NADA POR SOLO $5!

COMPRE NADA
RECIBA NADA
¡GRATIS!

—Eso calculo.

—¿Y qué pasaría si yo no le vendiera nada, por cinco dólares?

—¿Nada?

—Sí, sería más barato, no ocuparía lugar en su casa y no sería feo, pero el colegio recibiría la misma cantidad de dinero.

El profesor Randall sonrió.

—Quavondo, no es mala idea.

—Gracias, pero no es mía. Fue de Yoda Origami.

Lo que realmente me sorprendió fue cuánta gente compró más de una nada.

Mi abuela, por ejemplo, me compró cinco. Eso son $25 de nada.

—Q, tengo doce nietos (tú eres mi preferido, por supuesto) y cada año me llama uno para que le compre algún tipo de @#Ç en una lata coleccionable. ¿Quién colecciona esas latas &@#Ç!%? Pero siempre les compro, aunque sé que la mitad del dinero va a ir a los bolsillos de los idiotas que hicieron las latas. Así que, gracias por no hacerme comprar una @#!Ç# lata.

Luego puso a mi abuelo al teléfono, y le gustó tanto la idea que también me dio $25. Eso fueron $50 por una sola llamada. No hay forma de que me compraran palomitas por valor de $50, y aunque lo hubieran hecho, la escuela solo habría recibido $25.

Cuando les propuse a mis vecinos y a los amigos de mi mamá que podían comprar una lata por $10, o donar $5 al colegio, todos me dieron por lo menos $5. A nadie se le ocurrió echar un vistazo al catálogo de palomitas. Y rieron, en lugar de fastidiarse como hicieron el año pasado.

En total: $135. Tendría que haber vendido palomitas por valor de $270 para juntar tanto y jamás hubiera conseguido hacerlo. Aparte, de haberlo logrado, tendría que repartirlas. Y después, cada uno que las comiera me habría echado la culpa por haberlo estafado.

Les conté a los otros chicos lo que estaba haciendo y algunos lo intentaron. Todos en el curso de LEGO lo hicieron, y juntamos mucho dinero. Pensé que tendríamos que guardarlo para ir a la competencia, pero el profesor Randall sostuvo que debíamos ponerlo en el fondo común de todos los cursos electivos.

Por supuesto que cuando el Señor Sana Diversión vino a entregar los premios, no recibimos nada porque no habíamos vendido ninguno de sus productos.

Pero cuando fuimos más tarde a la clase del profesor Randall, él había encargado pizzas para nosotros con su propio dinero.

Comentario de Harvey

Entonces, ¡realmente conseguimos algo por nada!

OK, no confundamos los temas. Sí, las latas de palomitas eran una estupidez. Sí, fue una buena idea vender "nada" en su lugar. ¿Pero fue realmente una idea de la Bola de Papel? Opino que no. Solo le dijo tonterías. Fue idea de Quavondo. Es una clásica táctica de engaño: di algo medio vago y deja que el tonto le encuentre sentido.

Mi comentario: ¡¡¡AJJJJ!!! ¡No soporto la forma en que Harvey da vuelta todo!

Todavía está enganchado con el tema de si Yoda Origami es falso o no. Ahora lo que importa es demostrar que su presencia es buena para el colegio. En este caso, consiguió que un grupo de chicos que no querían vender nada, vendieran nada. Y juntamos más dinero que nunca. Los miembros del Consejo deberían premiarlo. Y punto. También merecería una recompensa por la historia que sigue.

¡NO ESTOY BROMEANDO! ¡QUIERO MI &##$@ DINERO!

CASSIE

YODA ORIGAMI Y EL OLOR APESTOSO EN EL PAÍS DE LAS MARAVILLAS

POR CASSIE

Querido Consejo Escolar:

¿Les gustaría oír algo fantástico que hicieron Dwight y Yoda Origami?

Bueno, teníamos una situación en el club de teatro que se estaba poniendo francamente fea, y parecía que se pondría más horrible todavía.

Verán, estábamos haciendo *Alicia en el país de las maravillas: El Musical*, y tenía un montón de personajes, así que muchos chicos que no habían actuado antes, terminaron consiguiendo roles. Ah, les cuento: yo era el Conejo Blanco.

LISA

Los ensayos iban lo más bien, pero el tema era Lisa, que hacía del Gato de Cheshire. Nunca había estado en el grupo de teatro y ninguno de nosotros la conocía demasiado.

Al principio no nos dimos cuenta de quién era el que tenía semejante olor. Pero enseguida nos percatamos de que era Lisa. Digo: tenía un olor espantoso.

La cuestión es que pasábamos mucho tiempo muy cerca unos de otros. No tenemos bambalinas, solo un área del tamaño de un clóset a cada lado del escenario. Y a veces debíamos esperar allí a que nos den el pie, como justo antes de la canción *Tea party boogie*.

También había momentos en que nos sentábamos todos en círculo para repasar el libreto, o algo. Pero era imposible poder concentrarse en recordar nuestras líneas teniendo la nariz en llamas por un olor extremadamente insoportable.

Todos tratábamos de sentarnos lejos de ella, y cada vez se hacía más OBVIO.

Con mi amiga Amy, que hacía de Tweedledum, apenas susurrábamos sobre eso. Pero algunas de las otras chicas empezaron a hacer comentarios, y yo temía que

NO PUEDO CONCENTRARME, MI NARIZ ESTÁ EN LLAMAS.

Lisa pudiera escucharlas. Haley, que actuaba de Alice, hasta llegó a hablar con la profesora de teatro, la señora Hardaway, pero ella le dijo que debíamos aceptar las diferencias.

Bueno, yo estaba dispuesta a intentarlo, pero otros no. Entonces, un día Lisa faltó y ahí fue cuando la cosa se puso mucho peor.

–Por dios, qué lindo es tener un poco de aire fresco –dijo Brianna.

–Sí. No tendremos que contener la respiración durante todo el baile de *Curiouser and Curiouser* –añadió Haley.

–Lo que no entiendo –acotó Gemini, la Reina Roja–, es cómo es posible que apeste de esa manera. Digo, mi hermano se pasa una semana sin bañarse y no huele TAN mal.

Los chicos comenzaron a describir el olor, y la cosa se puso en verdad horrible.

Harvey sacó a relucir su Darth Paper y exclamó: "Ofensivo, de lo más ofensivo".

Creo que fui la única que captó la referencia a *La Guerra de las Galaxias*, pero no me iba a reír.

Harvey hacía de Rey y es –dicho sea de paso– el peor actor del mundo, pero como hay solo dos varones en el grupo, siempre le dan un papel. Mike es el otro chico y él hacía de Sombrero Loco. Tampoco actúa bien, pero por lo menos es simpático.

–Bueno, muchachos –dijo Mike–. No es para tanto.

"Sí. Es para tanto", contradijo Darth Paper. "Encuentro a su falta de aseo… inquietante".

–Eso es una maldad de tu parte –opinó Amy.

–¿Sabes qué creo que es una maldad? –desafió Harvey–. Que ella impregne de mal olor nuestro musical, eso es maldad. Si quiere ser una puerca, que lo sea en otro lado.

Mike se levantó y se fue, furioso. Me hubiera gustado irme también, pero me quedé clavada ahí, como una zombi. Digo, sinceramente, el olor me molestaba muchísimo. No quería herir sus sentimientos, pero sí quería encontrar la manera de cambiar la situación.

–No puedo creer que nos queden tres semanas más de ensayos –se quejó Brianna.

–Hay que hacer algo –dijo Haley–. La profesora no hará nada, así que si NOSOTROS no hacemos algo, tendremos que olerla por tres semanas más. De ninguna manera.

–¿Pero qué podemos hacer? ¿La acribillamos con desodorantes? –propuso Gemini.

"El poder de los desodorantes no es nada comparado con el de su hedor", sentenció Darth Paper.

Esta vez, Haley y Brianna rieron, pero dudo que supieran de donde venía la cita.

—Cállate, Harvey —le dije—. Mike tiene razón. Ustedes están siendo muy malos. ¿Y si uno de nosotros le habla de buena manera?

—Ni pienso —se negó Haley—. No quiero acercarme tanto a ella.

—Ya basta —la detuvo Amy—. Si le decimos algo, tendrá que ser de forma muy cariñosa. Tenemos que tener muchísimo cuidado con lo que le digamos.

—Perfecto —señaló Haley—. Ustedes vayan y díganle algo lindo, pero si no consiguen que se dé una buena ducha o deje de venir, aplico el desodorante en aerosol.

La profesora Hardaway llamó a ensayar *This Is My Wonderland*, en donde no actuábamos ni Amy ni yo, así que lo hablamos. Ninguna de las dos quería decirle nada a Lisa, pero sabíamos que una debía hacerlo, o lo haría Haley.

Después del ensayo, le pedimos a Mike que le hablara él.

—¿Y qué le digo? —preguntó—. No se me ocurre qué.

Entonces, tuvo una gran idea.

–¿Por qué no hacemos que Yoda Origami le hable? Él siempre sabe qué decir.

–Sí, claro –intervino Harvey–. Seguro que le va a caer mejor si se lo dice un fenómeno con un títere de papel en el dedo.

–Nadie te preguntó nada, Harvey –le dije–. Además, al contrario de tu títere desagradable, Yoda Origami sabe lo que hace. El año pasado me salvó el trasero. Fue impresionante.

–A mí también –observó Mike.

–Sí, ya sé todo sobre sus patéticos dilemas –desdeñó Harvey–. Avísenme cuando estén listos para que Darth los auxilie.

–Sí. Claro.

Viajo en el mismo autobús que Dwight, pero quería mantener la conversación en privado así que le pregunté si Amy y yo podíamos hablar con él y con Yoda Origami al día siguiente, antes de clase. Nos respondió "indubitablemente", por lo que supuse que nos quiso decir que sí.

A la mañana siguiente lo encontramos en la biblioteca, sentado en el piso, delante de las enciclopedias, martillando el tubo del protector labial *ChapStick* con el tomo "A–Argentina".

—Oye, Dwight, ¿trajiste a Yoda Origami? —le pregunté.

No dijo nada, pero sacó a Yoda de su bolsillo y se lo puso en el dedo. "¿Humm?", musitó en su ridícula voz.

De repente, consultarlo me pareció ciento por ciento absurdo. Si no me hubiera ayudado tanto el año pasado, ni siquiera me habría molestado en ir a buscarlo.

—¿Conoces a esa chica, Lisa? —le preguntó Amy—. Está en nuestra obra musical, y apesta.

—Como la mayoría de los actores del club de teatro —comentó Dwight, con su voz normal.

—No, no de esa forma —le aclaré—, ella quiere decir que Lisa tiene mal olor.

"¿Entonces?", dijo Dwight, con la voz de Yoda.

—Bueno, ese es el problema, y algunos de los otros chicos se están cansando de la situación. Es necesario que ella haga algo, tal vez que deje el grupo.

"¿Cómo esos chicos se llaman?", preguntó Yoda.

—Brianna, Harvey, Haley y...

"¿Haley?", graznó Yoda. "¡Por un demonio!"

—Sí, ella lo es un poco —dijo Amy—. Por eso queremos que tú o, en realidad, que Yoda Origami hable con Lisa antes de que lo haga Haley.

–OK –dijo Dwight. Se levantó y se fue antes de que nos diéramos cuenta de que se estaba yendo. Salió rápidamente de la biblioteca. A los diez minutos, regresó.

–¿La viste a Lisa?

–Sí.

–¿Qué le dijo Yoda Origami?

–No le dijo nada.

OBJETIVO A: PELO DE LISA

–¿Por qué no?

–Él solo quería ver su pelo.

–¿El pelo? ¿No tiene pelo normal?

–Es lo que pensé.

–Y bien, ¿cuándo va hablar Yoda con ella?

–No lo sé –respondió Dwight–. Antes quiere investigar.

–Ay, no –protesté–, ¿vas a hacer ese acento de Sherlock Holmes otra vez?

–Así es –sostuvo Dwight, con su acento de Sherlock Holmes.

–¿Qué vas a investigar? –quiso saber Amy.

–Yoda no me lo ha dicho todavía.

–Olvídalo –le dije–. Esto se está tornando estúpido. ¿Nos ayudarás o no? Porque si te la vas a pasar haciendo voces ridículas y no te lo tomarás en serio, debemos saberlo así buscamos otra solución.

"A Lisa ayudaré", confirmó Yoda, y entonces Dwight lo guardó en su bolsillo y dijo: "El juego comenzó".

Después se puso a martillar la barra de ChapStick con el tomo "A-Argentina", una vez más.

Esa tarde teníamos nuevamente ensayo. Lisa fue, y también su olor. Haley estaba furiosa.

—Creí que harías algo con lo del mal olor —siseó tan alto que Lisa pudo haberla oído.

—¡Shhh! Tranquila. Dwight se está ocupando.

"Dwight no me preocupa, Almirante. Queremos esa nave. Sin excusas", dijo Harvey/Darth Paper.

—Danos un poco de tiempo.

"No me vuelvan a fallar", amenazó Darth Paper.

—Ay, cierra la boca.

A la mañana siguiente encontramos a Dwight otra vez en la biblioteca. Y parecía feliz de vernos.

—¡Miren esto! —gritó. Nos mostró el tubo de *ChapStick*. Parecía que lo había desarmado y vuelto a armar. Pero la parte que se gira, estaba sostenida con un palito y separada del tubo.

La empujó con el pulgar, como si fuera una jeringa, y la tapa saltó y le dio a Amy en un ojo.

EMPUJA CON FUERZA

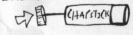 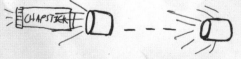

–¡Genial! Me salió mejor de lo que esperaba –gritó.

–Fantástico –protestó Amy, tanteando en la zona ocular posibles daños.

–Oye, Dwight –le dije–, ¿hiciste lo que Yoda Origami quería?

–Sí. Fui anoche en mi bici –respondió, volviendo a su acento de Sherlock Holmes. Como si Sherlock Holmes hubiera andado en bicicleta por la Ruta 24 alguna vez.

–¿Adónde fuiste?

–A los Campos de Ryland.

–¿Eso no es el parque de casas rodantes que está donde antes había un Walmart?

–Sí.

–Déjame adivinar –le pedí–. ¿Ahí vive Lisa?

–Elemental, mi queri...

–O sea que fuiste a su casa –lo interrumpí.

–No.

–¿Adónde fuiste?

–Al lavadero de los Campos de Ryland.

–¿Y?

–No hay ninguno.

–¿Entonces?

–Observa esto –indicó Dwight, y sostuvo la barra de *ChapStick* nuevamente.

Se la quité de un manotazo.

–¿Podrías dejar de hacerte el idiota y decirme qué está pasando?

–OK –concedió Dwight y, de repente, fue completamente normal. Como si fuera otra persona. Daba un poquito de miedo.

¿NORMAL?

–No lo ves –dijo sin ningún acento británico falso–. Lisa no está sucia. Su cabello está impecablemente limpio. Es su ropa la que está sucia. En su casa no hay lavarropas ni secarropas. Y tienen que subirse al auto para llevar la ropa a un lavadero. Por el motivo que sea, los padres de Lisa no lo están haciendo en estos momentos. Y esa parte no es asunto nuestro, y seguro que no es un motivo feliz.

–Diablos –musité. No me había puesto a analizar por qué alguien podía oler mal.

–¿Y qué haremos al respecto? –preguntó Amy–. Tanto si le decimos que ella apesta como que su ropa apesta, la vamos a lastimar de todos modos.

–¿Por qué no lo consultan con Yoda? –sugirió Dwight.

–¿De nuevo? ¿Bromeas? Si no llegamos a ningún lado con él –me resistí.

Pero Amy se entrometió:

–OK. Yoda Origami, ¿qué hacemos?

Dwight levantó a Yoda Origami: "Ensayos generales comenzar deben".

–¡Pero todavía faltan tres semanas para el estreno!

"Ensayos generales comenzar deben."

–Pero…

"¡¡¡ENSAYOS GENERALES COMENZAR DEBEN!!!"

–Per…

"¡DEBEN!"

Y así lo hicimos.

Durante tres semanas, todos los días después de clases, nos pusimos los trajes y cada uno de nosotros olía igual: a disfraces que habían estado guardados durante un par de años en cajas de cartón húmedas.

Pero lo importante es que nadie le dijo nada a Lisa y no lastimamos sus sentimientos. ¡Y la obra salió fantástica!

Considero que esto es una prueba de que, aunque Dwight es un poco raro, es una gran persona para tener en la escuela McQuarrie.

Esta solución de Yoda ¡fue la peor de todos los tiempos! ¿Saben lo caluroso que era el traje del Rey? Todos los días, después del colegio, durante tres semanas tuve que vestir esa cosa y andar con ella por ahí.

Como si fuera poco, me doy cuenta de que este documento intenta hacerme quedar como el villano. Ok, está bien, soy el chico malo porque hice un par de chistes, en privado y sin que Lisa me oyera.

Supongo que a nadie se le ocurre que Dwight es un mal chico porque ¡¡¡CASI LE SACA UN OJO A UNA CHICA!!!

Mi comentario: Sí, creo que el cohete ChapStick terminó en la lista de Rabbski de "conductas inaceptables". Estoy seguro de que Dwight obtuvo una SI por eso.

Pero este relato demuestra que cuando hay algo importante en juego, Dwight es mucho más amable y considerado que la mayoría de los chicos "normales" de la escuela.

HARVEY
EL REY*

*¡PÉSIMO ACTOR!

LA SALCHICHA
MORDIDA

YODA ORIGAMI
Y LA SALCHICHA MORDIDA

POR MIKE

Estimado Consejo Escolar:

Habiendo tenido un tiempo para reflexionar sobre el incidente de la salchicha mordida, he llegado a la conclusión de que Dwight/Yoda son los buenos, mientras que el resto de los chicos que me rodean son bestias salvajes que considerarían muy divertido que yo terminara vomitando por intoxicación o me pescara la lombriz solitaria, ¡o algo peor!

Lo que sucedió fue que un día, durante el almuerzo, me tocó una salchicha que tenía un mordisco.

O por lo menos eso es lo que parecía. Quizá era simplemente una salchicha mutante. Sea lo que fuera, eso comprueba que este sistema escolar no se toma seriamente la calidad de los alimentos.

Nota: De ninguna manera estoy criticando a nuestras damas de la comida o a nuestro Hombre Almuerzo Jeff. Jamás habrían servido esa salchicha mordida si la hubieran detectado antes. Solo pueden servir lo que ustedes, miembros del Consejo Escolar, compran. Y ustedes compran basura.

Hombre
Almuerzo
Jeff

De todos modos, me tocó, y era repugnante.

—Te doy un dólar si la comes —me desafió Tommy.

Ya pueden ir viendo la actitud ordinaria y descuidada de mis compañeros. Es probable que hayan visto tantos realities en la tele, que creen que la gente hace cualquier cosa por dinero.

—Sí. Yo también te doy un dólar —se sumó Kellen.

Bueno, dos dólares, me hicieron pensar. Quizás la salchicha se había atascado en la máquina de la fábrica. Tal vez no era que alguien la había mordido. Pero después se me ocurrió que el "alguien" podía haber sido un "algo". *Puaj.*

¡Tal vez fue una ardilla!

Me gustan las bellotas

93

—¡Cómela! ¡Cómela! —empezaron a gritar Tommy y Kellen, y solo llevó dos segundos para que el resto de su mesa los siguiera. Todos nos miraban. Y Kellen levantó la salchicha para que la vieran.

La directora Rabbski enfiló hacia nosotros desde la otra punta de la cafetería.

—¡Ahí viene Rabbski! ¡Apresúrate! —dijo Tommy.

Harvey levantó su títere de papel, Darth Vader: "Habrá una recompensa importante", atronó. "Completaré con tres dólares".

—¡Cómela! ¡Cómela!

Estaba a punto de hacerlo cuando una voz chirriante graznó en mi oído:

—¡Comer tú no harás!

Era Yoda Origami. Dwight se acercó para que Yoda olfateara la salchicha.

"A saliva de rata huele. ¿Diarrea y vómitos buscas, eh?"

—No —le respondí.

"Entonces, Jeff otra salchicha te dará."

La directora Rabbski llegó y se las agarró con Dwight.

—Cada vez que hay un problema, estás en el medio. No doy más. ¡Ah!, y por supuesto, ahí estás con ese títere. Por última vez, ¡guárdalo! Ahora, ¿me pueden decir qué está pasando aquí?

—Púrpura —respondió Dwight.

Rabbski gruñó, literalmente. Sujetó a Dwight de un brazo y lo arrastró hacia su oficina.

—No puedo creer que ustedes me quisieran hacer comer eso —dije, cuando se fue la directora.

—Y yo no puedo creer que no te lo vayas a comer —presionó Harvey—. Rabbski ya no está.

—¿No escuchaste lo que dijo Yoda Origami? Percibió saliva de rata.

—Ja —señaló Harvey—. Me gustaría recordarte que la Bola de Papel no solamente no es real, ¡sino que NO TIENE NARIZ!

—Ah —dije—. Sí, bueno, igual no pienso comerla.

—¿Te vas a perder tres dólares por culpa de la Bola de Papel? ¡Eres un idiota!

—OK —lo enfrenté—. Cómela tú, Harvey. Te doy tres dólares.

Tommy y Kellen ofrecieron un dólar más cada uno.

—Cinco dólares, más la oportunidad de probar que Yoda Origami se equivocó —informó Kellen—.

—Ningún problema —aceptó Harvey, mientras hacía desaparecer la salchicha de un bocado. Después agitó a Darth Paper: "Demasiado fácil".

Le dimos los cinco dólares.

Vomitó en la clase de Matemáticas.

Comentario
de Harvey

Sigo creyendo que esa salchicha no tenía nada de malo. En mi opinión el problema es que Kellen y Mike la habían estado manoseando y la llenaron de gérmenes.

Mi comentario: ¡Valió cada centavo del dólar!

E PLURIBUS   VOMITUM

TOMMY
SARLACC

*LA AUSENCIA DE YODA ORIGAMI Y LOS DESASTRES QUE RESULTARON DE ELLA

POR TOMMY

Estimado Consejo Escolar:

Ya estarán enterados de que a Dwight lo mandaron a su casa después de todo ese asunto de "Prepárate para tu perdición". Bueno, eso es lo que pasó después: ¡la perdición!

Fue como si desde el minuto en que Dwight y Yoda se marcharon, todo lo que ellos nos habían ayudado a conseguir se desplomara en caída libre a las fauces del sarlacc. Y pareciera que seguimos allí, siendo digeridos lentamente.

A pesar de eso de las pizzetas y el curso de Economía Doméstica, Amy y Lance discutieron y ahora no se hablan.

¿Podría Yoda Origami haberlo evitado? Totalmente: "Lance, contar el final de la novela no debes".

Después, Mike terminó llorando en clase nuevamente. Por razones que desconocemos, trajo un puñado de sus miniaturas Warhammer. Este chico, Chad, creyendo que eran muñecos de acción, agarró uno y lo rompió. Mike enloqueció. Llorando, acusaba a todos como si hubiera una especie de conspiración para destruir a sus soldaditos Warhammer. ¿Podría Yoda Origami haber evitado esto? Totalmente: "Juguetes rompibles traer no debes".

¿Podría Yoda Origami haberme ayudado a mí también? Ojalá lo hubiera hecho. Porque mi vida apesta en estos momentos, y todo porque le compré a Sara el regalo equivocado.

Ya leyeron el caso de Lance y Amy y las pizzetas. Bueno, eso es lo que han estado haciendo Sara y Tater Tot: se sientan juntos en Economía Doméstica, ¡todos los días! Me enfermo de solo pensarlo.

No compartimos ningún curso, así que tengo suerte si consigo hablar con ella un par de minutos antes del colegio o en el recreo del almuerzo. Mientras, él pasa el tiempo con ella, preparando platos y divirtiéndose en la cocina, como si fuera una película romántica de la televisión por cable.

Pero yo tenía la posibilidad de compensar todo eso si le hacía un regalo espectacular para su cumpleaños.

Si Yoda Origami hubiera estado a mano, le hubiera pedido un consejo sobre qué comprarle. Por supuesto que le mandé un e-mail a Dwight para que le preguntara a Yoda. Pero nunca me contestó.

De todos modos, no me preocupé demasiado, porque se me ocurrió una idea brillante: le compré una novela dibujada, increíble, que se llama *Los sueños del robot*. Es fabulosa. Narra

TATER TOT → ELVIS

¡PRESIONA MI PIE, BABY!

una historia maravillosa y no dudé de que le iba a gustar muchísimo.

Se la entregué en la biblioteca, antes de entrar a clases. La miró con cara rara, como si no estuviera muy convencida. Pero yo sabía que en cuanto la empezara a leer, le encantaría.

Y entonces, ¿adivinen quién apareció? ¡Tater Tot! ¡Vestido de Elvis Presley! ¡Con un osito de peluche que cuando le aprietas el pie canta *Teddy Bear*!

Ni aun así me di cuenta de lo desastroso que era todo; hasta el día siguiente cuando Rhondella le contó a Mike, y él me contó a mí, que Sara iba a salir con Tater Tot. Irían a jugar a un mini golf. Eso me cayó peor que lo de las pizzetas.

Y todo porque él le llevó un osito de peluche y yo un libro. ¡¡¡AJJJJJ!!! Si tan solo hubiera estado Yoda Origami para decir: "Un Teddy Bear regalarle debes", yo podría haber encontrado uno que fuera mucho menos espantoso que el de Tater Tot.

Pero las cosas salieron peor aún para Kellen.

Sara todavía me quiere como amigo. Creo. Espero.

Pero Rhondella ahora ODIA a Kellen. Ni siquiera le habla después de lo que hizo.

Yoda Origami podría haberlo prevenido: "¡NO LO HAGAS! ¡NO LO HAGAS!", y él lo habría escuchado, porque Kellen siempre le hace caso.

Pero Yoda Origami no estaba allí para decirle que no, y Kellen jamás me escucha, así que lo hizo y Rhondella lo quiere matar.

Comentario de Harvey

El problema con ustedes es que me echan a mí la culpa de todo, o a Darth Paper o a la ausencia de Dwight. Es decir, Kellen no debería necesitar de la sabiduría Jedi para saber que su producción artística provoca náuseas. cualquiera con un poco de cerebro sabría que a Rhondella le iba a dar un ataque.

Mi comentario: Sí, "ataque" es una buena palabra para esto.

EL COMENTARIO DE KELLEN:

¡SIN COMENTARIOS!

LÁGRIMAS BU-BUÁ

LA AUSENCIA DE YODA ORIGAMI Y LA PRINCESA RHONDELLA

POR RHONDELLA

Ni siquiera sé por qué tengo que escribir sobre esto, Tommy. ¡Muéstrales la foto y listo! Eso es todo lo que tienes que hacer.

Me pasé todo el fin de semana haciendo un póster perfectamente normal que decía:

VOTE POR
RHONDELLA
★★★★★
RHONDELLA
PARA
VICE PRESIDENTE
★★★★★
**UNA LÍDER PARA EL CONSEJO ESTUDIANTIL
EN LA QUE SE PUEDE CONFIAR**

Bla, bla, bla.

Fui al colegio a pegarlo y me encuentro todo empapelado con millones de copias de ¡ESE OTRO PÓSTER!

Si Kellen necesita que un títere de dedo le diga que no tiene que hacer algo tan estúpido, entonces lo que realmente necesita ¡es un psiquiatra!

Quise quitar todos los afiches pero creo que mi adversaria, Brianna, se guardó uno, le sacó copias y los volvió a poner.

¡No es de sorprender que yo perdiera!

O sea que sí, si Yoda Origami puede evitar que Kellen haga cosas como esta, entonces, TRAIGAN A DWIGHT de vuelta... ¡POR FAVOR!

ESE OTRO PÓSTER

EL RESTO
DE LA HISTORIA

POR TOMMY Y KELLEN

Y así termina el relato de este caso tal como lo presentaré ante el Consejo esta semana. No sé si servirá, pero es todo lo que tenemos.

Se estarán preguntando por qué permití que Harvey hiciera comentarios en este expediente. Después de todo, se la pasó restregándonos a Darth Paper y haciéndose el idiota todo el año. Kellen quiso que lo echara de nuestra mesa de almuerzo. Y yo le decía: "¿Cómo se supone que lo haga si él simplemente se sienta? Nunca lo invité".

Por eso es que aún se sienta con nosotros. Y cuando se enteró de que Kellen y yo habíamos terminado el archivo dijo:

—OK, quiero verlo así escribo mis comentarios.

—¿Y por qué crees que te vamos a dejar hacerlos? —objetó Kellen—. Pondrás lo mismo de siempre: que la Bola de Papel esto, bla, bla...

—¿Tienen miedo de lo que pueda decir? ¿Tienen miedo de que arruine sus pobres teorías sobre Dwight y la Fuerza?

—No —le dije—, el expediente ni siquiera se trata de eso. Se trata de si Dwight...

—Sí, sí, sí. Tú hablas de abrir un expediente, pero si tienes miedo de incluir otros puntos de vista u otras ideas, entonces no es un documento válido. Si realmente quieres que sea científico, debes permitir que los demás lo vean y hagan su crítica.

—Pero el Consejo Esco...

—Está bien —me interrumpió—, si no quieres mostrarles mis comentarios al Consejo, no debes hacerlo, pero creo que corresponde. Hasta podrían ayudarte. Sin duda son más útiles que los horribles dibujos de Kellen.

—Ni siquiera los viste, ¿cómo puedes opinar que son horribles? —se indignó Kellen.

—Tienes razón —concedió Harvey—. No es justo que critique los dibujos ni los archivos sin verlos antes. Por eso es que quiero echarles un vistazo.

—OK —dije—, puedes mirar el expediente por unos minutos. ¡Pero no escribas nada!

—Perfecto —aceptó Harvey, y extendió la mano para que se lo diera.

Lo busqué en mi mochila y se lo entregué.

Lo agarró de un manotazo, mientras levantaba a Darth Paper con la otra mano.

—¡LO TENGO! —gritó Darth Paper. Harvey pegó un salto y salió disparado de la cafetería, llevándose la carpeta.

—¿Qué hace? —le pregunté a Kellen.

—Amigo, creo que acabas de subestimar el poder del Lado Oscuro.

Tenía razón. Así fue.

Intentamos alcanzarlo pero, por supuesto, nos llegaron los gritos del señor Howell, que tiene como un radar para detectar a Kellen o algo parecido. Entonces sonó el timbre de la quinta hora.

Atrapamos a Harvey en la biblioteca después de clases.

—¡Danos el expediente, Harvey!

—Por supuesto —dijo con calma, y me lo dio.

Lo hojeé. No solamente lo había arrugado, sino que ¡había escrito sus desagradables comentarios del Lado Oscuro por todos lados!

—¿Sabes?, leo a gran velocidad —dijo con su odiosa sonrisita socarrona—. Gracias por la oportunidad de dármelo con tanta anticipación. Pude expresar algunas de mis opiniones en mis contraargumentos.

—¿Contraargumentos? —inquirí.

—Sí, los encontrarás en mi cierre —respondió. Pasé las hojas hasta el final del expediente.

Había agregado estas páginas:

Yoda origami
no pertenece aquí

Por Harvey

Estimados miembros del Consejo Escolar:

Vengo al colegio a aprender, no a ver un espectáculo de títeres.

Apoyo los intentos de la directora Rabbski de ayudarnos a concentrarnos en nuestra tarea, y más aún en la importancia de los Exámenes de Nivel.

Es por esta razón que siempre me opuse a que Dwight usara su títere de papel, especialmente en la biblioteca y en el aula. También me opongo a muchas de las otras conductas de Dwight que interfieren con el proceso de aprendizaje y que son demasiadas y muy burdas para enumerar aquí.

Cuando consideren las historias relatadas en este supuesto expediente que recopiló Tommy, notarán que el tema recurrente es que Dwight interfiere con el ambiente de estudio, una y otra vez:

- Convenciendo a un alumno para que desistiera de la clase de Modelismo de Cohetes, así podía sentarse al lado de la chica que le gustaba en Economía Doméstica.

- Potencialmente poniendo en peligro la campaña de recaudación de fondos de la escuela.
- Convirtiendo la clase de recolección de insectos en una desagradable competencia.
- Y, lo más grave: lanzando una afirmación extraña y ominosa que fácilmente podía parecer una amenaza.

Ahora bien, no creo que Dwight quisiera realmente lastimar a nadie pero, como habrán visto, sus afirmaciones tienen el poder de alterar a los que no están seguros de sus intenciones.

Es por esto que alenté a Jen a que hablara con la directora Rabbski sobre la advertencia que le hizo Dwight: "La Hora Cero llega. ¡Prepárate para tu perdición!".

Siento que en la escuela McQuarrie somos una gran familia y que es la tarea de cada alumno cuidar de los demás. Consideré que lo mejor para todos era que un adulto responsable estuviera al tanto de lo que Dwight había dicho.

Espero que él reciba la ayuda que necesita y que todos se den cuenta de que he actuado en beneficio de Dwight y de la escuela McQuarrie.

Gracias por su atención.

Harvey

Cuando terminamos de leer la carta, el rostro de Harvey reflejaba una expresión de orgullo.

—¡Así que fuiste tú! ¡Tú convenciste a Jen de que acusara a Dwight! —le grité.

—Debo admitir que nunca pensé que resultara tan efectivo —se regodeó Harvey, con esa súper maligna sonrisita refulgente.

¡Cómo me hubiera gustado quitársela de un golpe!

—¡No puedo creer que hicieras eso! —le grité.

—¡Yo sí! —observó Kellen—. ¡Te dije que no subestimaras el poder del Lado Oscuro!

—Entonces —dice Harvey—, ¿le mostrarás mis comentarios al Consejo?

—¿Estás loco? —protesté—. Diste vuelta todo para hacerlo quedar mal a Dwight. ¡Por supuesto que no!

—Humm —carraspeó Harvey—. Sabía que dirías eso. Por eso hice una copia. Me voy a presentar y ¡yo mismo se los leeré!

—¡¿Qué?!

Me sentí como ese chico Jedi en *La venganza de los Sith*, que dice algo así como: "Oye, Anakin, ¿qué onda?", y Anakin se da vuelta y lo rebana con su espada de luz. Qué tonto fui. Le había dado a Harvey todas las municiones que necesitaba para derribar todo.

Harvey levantó a Darth Paper:

—Fuiste poco inteligente al bajar tus defensas.

—¡¿Puedes callarte?! —vociferé. De un manotazo se lo quité del dedo, lo hice un bollo y lo arrojé al piso.

Harvey lo recogió y lo hizo decir:

—Sí, libera tu ira. Siente el poder del Lado Oscuro.

—¿Puedes parar por un minuto? Esto es serio. No irás realmente a la reunión del Consejo, ¿verdad? ¡Podrían expulsar a Dwight!

—Claro que iré. Tú ponte de pie y lee tu triste expediente, y después yo les leeré mis contraargumentos. Veremos a quién le creen.

—No. No puedes hacer eso —protesté.

–¿Por qué no? –dijo Harvey–. Es una reunión del Consejo. Cualquier alumno, maestro, padre o miembro del público tiene derecho a asistir.

–¡Vete a...! –bramé.

Todos nos miraron y la señora Calhoun empezó a caminar en nuestra dirección. Recogí mis cosas y salí antes de que pudiera amonestarme. Kellen vino detrás.

–Te veo mañana a la noche –se despidió Harvey con un tono falsamente amistoso–. A las siete, ¿no? ¡Resérvame un lugar!

–¡Dije que te vayas! –le grité por sobre mi hombro. Eso hizo que la señora Calhoun saliera de la biblioteca y me diera un papel de Suspensión Interna. Era la primera vez que me mandaban a SI. De haber sabido que me iban a suspender, le hubiera gritado algo mejor que eso.

¿Saben?, la primera vez que apareció Yoda Origami, me la pasé preguntándome si realmente estaría usando la Fuerza. Pero cuando surgió Darth Paper, ni lo tuve en cuenta.

Supuse que, simplemente, se trataba de Harvey haciéndose el pesado y citando frases de películas.

Pero cuando enfilaba furioso a la dirección, me lo cuestioné por primera vez... ¿Podía Darth Paper estar llevando a Harvey al Lado Oscuro de la Fuerza? Digo, Harvey siempre fue un idiota, ¡pero esto era pura maldad!

Mientras estuve cumpliendo mi castigo en la dirección, me di cuenta de que Dwight se encontraba mucho peor que yo. Yoda Origami me había dicho que el documento podría salvarlo. Pero como yo lo había dejado caer en las manos equivocadas, ahora no tenía ningún poder. Como mucho, podría nivelar las cosas, nada más. Aunque lo más probable es que Harvey convenciera al Consejo de que Dwight "interfiere con el ambiente de estudio".

Así es que, al cabo de una semana y media sin Dwight, absolutamente todo había salido mal, y Darth Paper estaba decidido a dominar la galaxia. Estábamos en serios problemas.

Solo nos quedaba una esperanza: Yoda Origami.

Le había enviado e-mails, mensajes de texto y había llamado por teléfono a Dwight, pero no había tenido ninguna respuesta, excepto el pedido del sándwich de pollo. Esta vez realmente, pero realmente, tenía que comunicarme con él. Decidí que después del colegio iría a su casa y conseguiría que me prestara atención.

YODA DE
EMERGENCIA

YODA ORIGAMI
Y LOS CINCO PLIEGUES

POR TOMMY

Dwight y Sara viven en una de esas calles sin salida que corta la avenida Cascade. En realidad, no queda demasiado lejos de mi casa, pero nunca había ido allí. A pesar de que hay que cruzar la Ruta 24, es bastante fácil llegar en bici.

Sabía la dirección de Sara porque le había escrito unas pocas cartas en el verano.

Primero pasé por su casa, pero no la vi afuera, ni nada. En cierta manera, me alegré. No tenía ni idea de qué le diría.

La casa de Dwight está justo pegada a la de ella. Me había imaginado que, como Dwight era tan raro, su casa tenía que ser también así. Pero se la veía perfectamente normal. No vi ningún agujero en el jardín. Sara dice que siempre cava pozos y se sienta dentro de ellos. Tal vez estén en el fondo. Sí pude ver el cerco que había hecho el padre de Sara para no tener que verlo a Dwight sentado en los pozos.

Golpeé la puerta. Nadie respondió. Después vi el timbre y llamé.

La mamá de Dwight vino hasta la puerta. Yo la había visto en el colegio esa única vez.

—Hola, señora Tharp, soy Tommy el amigo de Dwight. Realmente tengo que hablar con él.

—Ah. Tommy. Ehh… Bueno. Verás…

Y me dice todo eso de que Dwight está en penitencia y que no puede llamar a nadie ni usar la computadora ni jugar con los videojuegos. Claro que ella no ha puesto reglas respecto de que venga alguien. Sin embargo, si ella hubiera pensado que alguien vendría, seguramente habría puesto alguna, pero como no lo había hecho... y siguió y siguió.

Me di cuenta de que en realidad estaba tratando de convencerse más a sí misma que a mí. Me hubiera gustado decirle: "Eres la madre, simplemente decide: sí o no".

En lugar de eso dije:

–Esto es de verdad importante, señora Tharp. Tengo que hablar con Dwight sobre la reunión del Consejo Escolar de mañana a la noche.

Por fin me dejó pasar. La casa ERA rara, aunque solamente porque era tan normal que eso la hacía rara. Se parecía a la casa de playa que mi familia alquiló un verano por una semana. Te dabas cuenta de que nadie vivía realmente allí y que todas las cosas que había estaban para llenar un espacio, y no porque a alguien le gustaran de verdad.

–Dwight está en su habitación. Subiré a buscarlo.

—De hecho, señora Tharp, ¿tal vez podría hablar con él arriba?

* * *

Nunca se sabe cómo va a estar Dwight. Me lo había imaginado dando un salto y estrechándome la mano: "¡Oye, Tommy, los extrañaba! ¡Gracias por ocuparse del expediente!".

En vez de eso lo encontré sentado en su cama, medio agachado, con la vista clavada en el piso y con un zapato en una mano. Me miró, o mejor dicho, me miró los pies.

—¡Dwight! —lo regañó su mamá—. Está tu amigo, ¿no puedes sentarte derecho y saludarlo?

—Hola —dijo.

Eso no me dio una sensación cálida y emotiva.

Su habitación estaba prácticamente vacía. Pensé que tendría afiches de *La Guerra de las Galaxias*, figuras de acción y toda clase de cosas. Nada de eso. Era obvio que lo que había en las paredes eran cosas que la madre había puesto... cuando él estaba en preescolar.

Fuera de broma, ¿quién tiene un ancla colgada en su pared?

Lo único que era del estilo de Dwight era un grupo de origami que había encima de un mueble. El armario tenía todas las gavetas abiertas de las que salía ropa.

—Ay, Dwight, creí que guardarías esa ropa, ordenadamente —se quejó su mamá.

Él se levantó y se acercó con lentitud al armario.

—Ya es tarde para eso. No lo hagas ahora que tienes visita.

Dwight volvió a sentarse en la cama.

—Bueno. Los dejo conversar —dijo la mamá. Salió del cuarto, pero se detuvo cerca de la puerta mirando hacia nosotros durante unos instantes. Finalmente, se fue.

Dwight se animó, aunque no demasiado.

—Dwight, ¿recibiste alguno de mis e-mails?

—No. Cuando Sara me trajo el sándwich, mamá se dio cuenta de que estaba mandando e-mails y se llevó mi computadora, mi celular, todo.

–¿El televisor también? –le pregunté, porque es el castigo preferido de mis padres.

–Eso me lo prohibieron hace tiempo.

¡Sin tele! Eso explica mucho. No era de sorprender que él nunca supiera de qué estábamos hablando.

–Bueno, mira. Tengo malas noticias. Necesito tu ayuda. ¿Puedes traer a Yoda Origami?

–Mamá me lo quitó.

–¡Rayos! ¡Lo necesitamos! Tenemos grandes problemas. Se trata de Harvey.

Dwight me miró por primera vez. Luego volvió a mirar el piso.

–Fui un estúpido al dejarlo ver el documento. ¿Te acuerdas del archivo que me mandó a hacer Yoda? Ahora Harvey escribió una especie de ANTI archivo. Te hace quedar pésimo. ¡Y se lo va a leer al Consejo mañana a la noche!

–Ah.

–Sí, y creo que seguro irás a parar al IEEC. ¿Me estás escuchando, Dwight? Estoy seguro de que no quieres ir allí. Esto es serio.

Él miró la puerta por unos minutos. Luego se acercó al mueble y sacó un papel verde de una bolsa de plástico.

—Voy a hacer un Yoda de emergencia —anunció—. Este es mi nuevo método de cinco pliegues.

Le llevó cinco segundos. Tenía su títere de dedo, Yoda... o una especie de. No era mucho más que un rectángulo al que le salían dos orejas triangulares.

—Está genial —comenté—, ¿pero no es un poco... eh... simple?

—Gracias —dijo, mientras le dibujaba una cara con un bolígrafo—. En origami, la simplicidad puede ser más valiosa que la complejidad. La clave es favorecer solo los detalles necesarios...

—Claro. Sí. Lo que quise decir era... siendo tan simple, ¿podrá usar la Fuerza?

—¿Por mis pliegues me juzgas? —preguntó el nuevo Yoda Origami.

—Oh. No —me disculpé.

—¿Preocupado por Harvey estás?

–¡Sí! ¡Es como si se hubiera pasado al Lado Oscuro! Y anda por ahí con su Darth Paper y ahora tiene este…

–Preocuparte no –me interrumpió Yoda Origami–. A arreglarlo yo voy.

–Esto es muy serio. ¡Si no lo detenemos, te mandará al IEEC! Está hecho un tonto con eso. ¡Lo odio!

–¡No! –me detuvo Yoda Origami–. El odio al Lado Oscuro solo lleva.

–Bueno. Entonces: no me simpatiza para nada.

–No –aconsejó Yoda–. Perdonarlo debes.

–¿Perdonarlo? ¡Está tratando de que te expulsen de la escuela! Solo lo hace porque es un maldito.

–Difícil es tener razón cuando nadie en ti cree.

–¿Dwight, estás hablando en idioma Yoda? –preguntó su madre, desde la puerta–. Lamento hacer esto delante de tu amigo, pero ya es demasiado. No puedo CREER que hiciste OTRO Yoda después de que te pesqué con él, hablándole a

Sara y ESPECÍFICAMENTE te dije que no hicieras otro. Dámelo.

Se lo dio. Ella lo desarmó.

—Lo lamento, pero esto va a la basura.

Se volteó hacia mí.

—Tommy, creo que es mejor que te vayas a tu casa. Muchas gracias por venir a ver a Dwight. Con suerte, estará pronto de vuelta en el colegio y podrás verlo allí.

En cuanto empezó a decir "con suerte", su voz se quebró. Parecía que iba a llorar.

Supuse que era mejor irme de inmediato. Ya no podría hablar con Yoda Origami y, de todos modos, no estaba llegando a ningún lado con Dwight.

¿Perdonar a Harvey? No, no podía hacer eso. ¿Dwight se había vuelto loco?

Aunque lo más extraño fue eso de que tener razón era difícil. ¿Me estaba diciendo que Harvey tenía razón? Porque eso querría decir que Yoda Origami era realmente una farsa.

¿Es eso lo que quiso decir?

* * *

Es viernes, el día de la reunión del Consejo Escolar. Pero antes de ir a la junta, me adelantaré y escribiré lo que pasó hoy en la escuela. ¡Fue terrible! ¡Fue malo! ¡Fue terriblemente malo!

Durante el almuerzo, Kellen y yo estábamos proponiendo métodos para detener a Harvey. Confieso que muchas de las ideas que se nos ocurrieron incluían que uno o ambos le diéramos unos golpes.

Sara se nos acercó con una nota. ¡Por un instante pensé que era una nota de ella para mí! ¡Quizás había cambiado de idea sobre Tater Tot! Tal vez Yoda Origami había intervenido. ¡O por ahí era una nota de disculpas/amor!

Pero no era de ella, y no era para mí.

—Lo vi a Dwight esta mañana —nos dijo—. Me arrojó esta carta por la ventana cuando me vio salir a tomar el autobús. Me pidió que la trajera a esta mesa en el almuerzo.

Me entregó el sobre.

—Estoy bastante intrigada —anunció—, así que si no les molesta, me gustaría quedarme y enterarme de lo que dice.

En el sobre decía:

¡No abrir todavía!
Por favor, que Harvey lea esta carta en voz alta en la mesa del almuerzo. ¡No lean esta carta sin Harvey!

Supusimos que esta nota era parte del plan de Yoda Origami y que tenía sus razones para hacerlo de esta forma, así que Kellen atravesó la cafetería y fue a buscar a Harvey. Los vi discutir. Harvey, como siempre, era un quejoso. Pero finalmente vino. Con Darth Paper, por supuesto.

—Saltéate las cortesías, Tommy —dijo Darth Paper. Era uno nuevo, sin arrugas.

—No pensaba ser cortés —repliqué, entregándole el sobre.

Lo abrió y sacó una hoja de papel.

Yoda Origami cayó y planeó hasta el suelo. Lo agarré de un manotazo. No era el de cinco dobleces, era el de verdad.

Harvey comenzó a leer: "Queridos todos, en especial Harvey. Harvey tiene razón sobre Yoda Origami".

—¡BIEEENNN! —gritó Harvey—. ¡Por fin! ¡Finalmente! ¡Ale-Yoda-luya! Se los dije, se los dije, se los dije.

—En serio, Harvey, ¿qué dice la carta?

—Eso es lo que dice. ¡Miren!

Me dio la carta y se puso a hacer un bailecito.

—Y ustedes pensaban que me estaba comportando como un imbécil, ¡y resulta que tenía toda la razón!

—Tal vez, pero no dejas de haber sido un imbécil —señaló Sara.

Kellen, todos los demás y yo, estábamos tratando de leer la carta al mismo tiempo.

Acá está todo:

Queridos todos, especialmente Harvey:

Harvey tiene razón sobre Yoda Origami.

Es solo un papel. Un pedazo de papel realmente lindo, pero nada más que eso. No hay ninguna Fuerza. Soy simplemente yo, hablando.

Tommy, puedes quedarte con Yoda Origami. Mi mamá amenazó con reciclar este también. No lo pierdas. Guárdalo en alguno de tus archivos. No porque sea mágico, sino para recordar todas las cosas que pasaron.

Dwight Tharp

P.D.: Gracias por el sándwich de pollo. Si lo vuelven a tener, por favor, cómprenme uno y mándenmelo con Sara. ¿Tendrán de esos en el IEEC?

Esa carta fue lo más triste que leí jamás. Pensé que vendría con algún tipo de plan asombroso al estilo Jedi. En cambio, solo se rendía.

Harvey se trepó a una silla y levantó a Darth Paper por encima de su cabeza.

—¡Ahora soy el Amo! —anunció a los gritos Darth Paper—. ¡Este día será recordado por mucho tiempo! Hemos asistido a la muerte de Yoda Origami y esta noche veremos el fin de Dwight.

Sonó la campana. Lo extraño del colegio es que, sin importar qué está pasando, cuando suena la campana hay que dejar todo y ponerse en movimiento.

Así que, a pesar de que la situación era un desastre y que no tenía ni idea de qué hacer, y de que en la única cosa en que yo creía había resultado ser un pedazo de papel, y a pesar de que tenía muchas ganas de darle un golpe a Harvey, solo atiné a enfilar como un zombi hacia mi locker.

Tenía a Yoda Origami en la mano. Nada más que un pedazo de papel.

No quedaban esperanzas de que volviera y arreglara las cosas. Ni siquiera era real.

Entonces empecé a preguntarme sobre el expediente. ¿Por qué estaba armando un documento?

¿Porque me lo había dicho Yoda Origami? Pero si Yoda Origami no era real...

Esto suena muy mal, pero por un nanosegundo me pregunté por qué me importaba el resultado. Estaba tan enojado que sentí que de veras me daba lo mismo si lo expulsaban a Dwight. Digo, ¡yo creía en Yoda Origami! Hice un montón de cosas porque él me lo había aconsejado. ¿Y era todo una broma o algo así?

Curiosamente, no era con Dwight con quien estaba furioso. Encima, me puse a pensar en lo patético que debía sentirse. En su casa. Recibiendo gritos de su mamá. Preocupándose por el IEEC. Y además, tener que rendirse y escribir esa carta a Harvey.

Sabía que quería ayudarlo de todos modos. Pero no tenía idea de cómo.

Entonces me asaltó esta idea disparatada. Me calcé a Yoda Origami en el dedo.

—¿Qué puedo hacer? —le pregunté.

No respondió.

Casi había llegado a mi locker cuando vi a la directora Rabbski más adelante. Le gusta pararse en el medio del vestíbulo para que los chicos tengan que esquivarla.

Alcé la mano y le apunté directamente con Yoda Origami.

—¡Si lo eliminan a Dwight, será aún más poderoso de lo que puedan imaginarse! —dijo Yoda Origami.

Ella suspiró.

—Tommy, ha llegado el momento de que tú y yo tengamos una pequeña charla.

Hizo que la siguiera hasta su oficina. Nunca había estado allí antes. No es que quiera cambiar de tema, pero ella tenía un cubo mágico sobre el escritorio... y ¡resuelto!

—Escucha, Tommy —empezó—. Sé de tu petición o lo que sea que vas a presentar esta noche en la reunión del Consejo Escolar. No puedo hablar sobre los asuntos disciplinarios de otro alumno, pero hay algunas cosas que debes comprender.

Tenía mucho para decir. Sobre los Exámenes de Nivel que teníamos que dar y de cuán importantes eran para los estudiantes y para el colegio. Me dijo que algunos alumnos eran un factor constante de distracción en ese tema. No solo se hacían daño a sí mismos, sino que afectaban a los demás, y a todo el colegio, ya que los fondos se basaban en los promedios de esos exámenes.

–Cuando un día te mandan a la dirección por gritarle a un compañero, y al día siguiente te veo con un títere de Yoda y me faltas el respeto, simplemente estás confirmando mi teoría –sostuvo–. Eres un buen chico, pero otro chico te ha confundido y perturbado. Olvídate de Yoda. Olvídate de tu petición. Y concéntrate en el verdadero motivo por el que estás aquí: para aprender, para pasar el test de Nivel.

Bueno, sí que estaba confundido y perturbado, pero no había forma que le creyera todo eso. Ella me sonaba como el Emperador Palpatine. Ya saben, como eso que él dice de "traer la paz a la galaxia".

—Aprecio lo que estás haciendo por tu amigo, de verdad, lo aprecio. Pero espero que puedas comprender que lo que estoy haciendo, lo hago por su bien. ¿OK?

¡Jamás me uniré a ti! ¡Jamás!, pensé; pero no se lo dije en voz alta porque ese parecía un buen momento para terminar en Suspensión Interna por el resto del día.

Ahora estoy en casa. Apoyé a Yoda Origami contra mi computadora y parece estar observándome con cuidado. Llegó el momento de rescatar a mi amigo. Espero que Yoda Origami piense que estoy listo.

YODA ORIGAMI
Y EL CONSEJO ESCOLAR

POR TOMMY

Acabo de volver de la reunión del Consejo Escolar.

Fue loquísimo. ¡Loquísimo! Todavía no estoy demasiado seguro de lo que pasó. Déjenme empezar por el principio.

Ninguno de mis padres estaba particularmente interesado en nada de esto. Ellos están particularmente interesados en lo que hace mi hermano, pero esa es otra historia. Así que me fui en bici a la junta, que se realizaría en la biblioteca de la escuela.

Los miembros del Consejo estaban ubicados en dos mesas, unidas, en un extremo de la sala; y el resto de los presentes ocupaban las otras mesas.

Dwight y su mamá ya estaban allí. Ella le susurraba constantemente.

Adelante, la directora Rabbski bromeaba con un par de personas, que tal vez fueran directores de otros colegios. Los del Consejo también secreteaban y se reían. No me pareció que fuera el momento indicado para hacer chistes.

Nadie más de la escuela estaba allí. Ya sabía que Kellen no podía ir, y tenía esperanzas de que algo impidiera que Harvey llegara.

Nones. Un segundo después de que me sentara cerca de la mesa de Dwight, Harvey entró y se ubicó a mi lado. Podría haberme ido, pero quería quedarme cerca de Dwight.

—¿Han podido apreciar mi nuevo Darth Paper? —preguntó Harvey.

Me pareció igual a cualquier otro.

Dwight hizo ademán de acercarse, pero su madre le siseó y él se volvió a sentar.

Una señora pasó y repartió un papel que decía:

Agenda

Consejo Escolar del Condado de Lucas

Reunión de octubre

Juramento a la Lealtad y un minuto de silencio

Aprobación de las minutas

Comentarios del público

Asuntos pendientes

Nuevos asuntos

Sesión cerrada por acción disciplinaria

Solicitud de pase al IEEC a pedido de Lougene Rabbski

Cierre

Me imaginé que el tema de Dwight era lo del último punto.

Harvey empezó a reír por lo bajo, y susurró:

—¿Puedes creer que se llame Lougene?

—¡Shhh! —chisté.

Un hombre de traje y corbata encendió el micrófono y anunció que la reunión estaba por empezar y pidió que se guardara silencio.

A continuación invitó a que todos nos pusiéramos de pie para el Juramento de Lealtad.

–Libertad y Justicia para todos –dije casi gritando.

Cuando terminó el minuto de silencio, todos los del Consejo aprobaron algo.

Entonces, el hombre de traje indicó que era el momento para que el público tomara la palabra. Quienes lo hicieran debían limitar sus comentarios a no más de cinco minutos.

¡¿Cinco minutos?!

¡No iba a poder leer todo el expediente en ese tiempo!

Un hombre se puso de pie y se dirigió a una especie de podio cerca de los pupitres. Habló durante cinco minutos sobre absolutamente nada. Después, una mujer se levantó y expresó estar de acuerdo con él durante otros cinco minutos. Más personas manifestaron su deseo de agregar algo, y lo hicieron en cinco minutos cada uno. Ahora entendía por qué habían impuesto un límite de tiempo.

–¿Alguien más? –preguntó el hombre de traje.

–Tú primero –dijo Harvey con su sonrisita, por supuesto.

Me levanté y dije algo. No sé bien qué, pero me pareció que fue bastante bueno.

Les conté que muchos chicos de la escuela pensamos que Dwight es bueno. Y que habíamos armado una carpeta. La sostenía en mis manos para mostrárselas.

Relaté el caso de la chica de la obra de teatro que olía mal. Sobre el niño del skate y de la gran cantidad de dinero que recaudamos gracias a la idea de Yoda Origami. Y todo eso.

También, les comenté sobre los desastres que ocurrieron después de que Dwight se fue y de lo mucho que deseábamos que él volviera.

–Muchas gracias –dijo el tipo de traje.

¿Ya habían pasado mis cinco minutos? Esperé haber presentado bien mi caso.

—Siempre nos gusta oír lo que tienen que decir nuestros alumnos entusiastas —continuó—. Por supuesto que no sería apropiado que comentáramos un tema disciplinario en una sesión abierta. Pero apreciamos tu preocupación.

No estoy muy seguro, pero de alguna manera sentí que no me habían prestado la más mínima atención.

La señora Tharp, en cambio, sí lo había hecho. Cuando volví a mi asiento, lloraba y me sonreía. ¡Me abrazó! Yo no sabía a dónde meterme.

—Ay. ¡Gracias, Tommy! No tenía ni idea. No tenía idea.

Me alegré de que estuviera contenta, pero me temía que iba a comenzar a llorar a mares cuando Harvey pasara al frente y rebatiera todo lo que yo había dicho.

—¿Alguien más? —preguntó el hombre.

—Deséame suerte —dijo Harvey.

No lo hice.

Pero debí hacerlo.

YODA ORIGAMI Y EL DÍA DE LA PERDICIÓN

POR HARVEY (Y JEN)

Me puse de pie y comencé a leer mi discurso:

—Mi nombre es Harvey Cunningham. He venido hoy para discutir sobre la política de "nada de videojuegos" en las computadoras de la escuela.

Proseguí, y presenté un argumento brillante sobre la relación entre las habilidades para los videojuegos y el desarrollo del cerebro. Pero Tommy dice que no puedo incluir todo esto en su archivo, de lo contrario lo quitaría. De cualquier modo, los miembros del consejo simplemente seguían ahí, sentados, como si fueran un grupo de Mynoks.

Me di cuenta de que mi turno se acababa, así que me apresuré para lanzar la bomba sobre Dwight. No podía esperar a verle la cara a Tommy.

—Desearía utilizar el resto de mi tiempo para hablar de Dwight Tharp —les comuniqué a los miembros del consejo. El superintendente miró su reloj—. Fui yo quien hizo que la porrista acusara a Dwight por decirle: "La Hora Cero llega. ¡Prepárate para tu perdición!". Pero eso fue antes de que entendiera lo que él había querido decir. Porque, como verán, fui el único que lo descubrió.

—Gracias. Se terminó el turno —dijo el superintendente.

Pero yo hice como si no lo hubiera oído y seguí hablando. ¿Qué me iba a hacer?

—Puede llegar a interesarles saber —continué— que esta chica fue expulsada del equipo de porristas, porque sacó malas notas en Lengua. Eso me hizo recapacitar... ¿podía ser esa la "perdición" a la que se refería Dwight? Hoy a la tarde le envié un e-mail a ella para preguntarle. Permítanme que les lea su respuesta.

Ay x dios! Creo q tienes razón! amenaza? nop. Sí m avisó sobre 1 ensayo pa´ Lengua del libro: *Tas ahí, Dios? Aquí, Margaret!* Ni lo leí. Entré al eqipo pero saqué 0 en la monografía y x eso me echaron. O sea: 0 = mi Perdición! Dwt solo quería decirme q estudie!

—En caso de que no hayan entendido, déjenme explicarles. Al referirse a su "Perdición", Dwight le estaba advirtiendo a Jen que perdería su lugar en el equipo de las porristas. Puede que el término "Perdición" les parezca muy fuerte, pero pertenecer a la escuadra de las porristas significa mucho para Jen y...

—Sí, muchas gracias, jovencito —me interrumpió el superintendente—. Creo que todos hemos entendido.

—¿De veras? —insistí—, porque es importante.

—Sí. Gracias. Te excediste de tu tiempo.

No me senté.

—¿Los padres de este jovencito están acá? —preguntó el hombre, paseando su mirada por la sala—. Tal vez usted pueda indicarle al joven que tome asiento, señora Rabbski.

La directora me estaba fulminando con la mirada y parecía tener muchas ganas de levantarse de un salto y sacarme de allí.

—No será necesario, su Señoría —le dije, y regresé a mi lugar.

La mamá de Dwight me abrazó. Normalmente no me gustan los abrazos, pero como ella estaba llorando y todo eso, no protesté. Dwight me dio la mano. Tampoco me gusta estar estrechando las manos de la gente porque, por lo general, la encajan en esa membrana entre el pulgar y el dedo índice y después me queda una sensación rara por el resto del día. Pero a Dwight se lo permití.

Tommy parecía un sapo muerto con su boca abierta, colgándole. En realidad, siempre parece eso. ¡Pero esta vez, más que nunca!

Comentario de Tommy: Puede que yo pareciera un sapo, pero Harvey ostentaba esa sonrisa horrible de "soy genial". De todos modos, no se la mezquiné. Esta vez se la había ganado. Realmente había descubierto lo que se nos había escapado a todos. Y parecía que sería suficiente para convencer totalmente al Consejo de que Dwight era bueno. ¿No?

¡NOOO!

LA MAMÁ DE DWIGHT MANDA AL DIABLO AL CONSEJO

POR TOMMY

—¿Alguien más? —preguntó el superintendente—. Si nadie tiene nada más para decir, damos por concluida la sesión pública. Ahora, hago la moción para pasar a la sesión cerrada y tratar el asunto disciplinario presentado por la directora Rabbski.

—Apruebo la moción —masculló un miembro del Consejo.

—¡Un momento! —dijo la madre de Dwight.

—Eh, señora Tharp, el período del público acaba de finalizar… —dijo el hombre.

–¿Para qué quieren una sesión cerrada sobre este tema? –preguntó, mientras se ponía de pie–. Estos dos alumnos han aclarado perfectamente las cosas.

–Creo que sería mejor tener esta discusión a puertas cerradas, señora Tharp –insistió el hombre de traje.

–¿Y qué hay para discutir? Mi hijo trató de advertirle a una chica de que perdería su lugar en el equipo de porristas si se sacaba una mala nota...

–Señora Tharp –interrumpió la directora Rabbski, al tiempo que también se ponía de pie–, como le expliqué antes, hay un patrón de comportamiento, incluida la violencia...

–¡Por favor! Deténgase ahí mismo, señora Rabbski –objetó el tipo de traje–. La política de la escuela no permite que la discusión de solicitudes de pase al IEEC sea pública.

–Pero seguramente ahora ella retirará esa solicitud de pase –prosiguió la mamá de Dwight–. ¿No es así? –le preguntó a Rabbski.

La directora se sentó, sin emitir ni una sola palabra.

—¿Significa que a pesar de lo que acabamos de escuchar esta noche, aún siguen queriendo enviar a mi hijo al IEEC?

—Desde ya que tenemos en consideración lo que hemos escuchado acá —dijo el hombre de traje—, pero...

Nunca llegamos a enterarnos de lo que iba a decir, porque la madre de Dwight enloqueció.

Una vez Mike me arrastró a su iglesia, a una de esas reuniones para chicos. La dirigía un tipo salvaje, al que le decían Pastor JJ. Parecía un tipo simpático, hasta que se levantó y empezó a predicar. Casi me "caigo" del susto.

Se puso a vociferar sobre el fin del mundo y las langostas con rostros humanos, y de cómo todos arderíamos en el infierno. Y después, se volvió loco.

Aunque no tanto como la señora Tharp.

–¿Lo van a considerar? ¿LO VAN A CONSIDERAR? Bueno, y disculpen mi lenguaje: bien pueden CONSIDERAR besarme el trasero. Toda la noche escuchamos sobre un chico que ha intentado una y otra vez hacerse de amigos, y Dios sabe que eso no es nada fácil para él. Pero siguió intentándolo de la mejor manera que se le ocurrió. Hasta hoy, no supe de cuánto se esforzó. Y estoy tan orgullosa de él...

Su voz empezó a quebrarse. Apenas podía hablar. Y se secaba las lágrimas, casi a cachetadas.

–Realmente, señora Tharp, será mejor si discutimos esto en la sala de reuniones.

–¿Qué más hay para discutir? Le avisó a una chica que se sacaría un cero en un trabajo si no estudiaba. Es verdad que lo hizo de manera confusa. Bueno, tiene algunas dificultades para expresarse. Aunque cuidado, no se les vaya ocurrir ayudarlo a sobreponerse a esos inconvenientes. Lo único que quieren es castigarlo por ellos.

–Bueno, señora Tharp, hubo otros pro... eh... dificultades –dijo la directora Rabbski, intentando meter una palabra–. Tal vez podríamos pasar a...

–¿Otras dificultades? Me da la impresión de que la única dificultad es que usted y su personal no conocen la diferencia entre una dificultad y un chico inteligente, creativo y muy especial. Vamos, Dwight, nos vamos a casa.

Se encaminaron hacia la puerta.

–¡Señora Tharp! Todavía no hemos tomado una decisión. Dwight no puede volver a la escuela hasta que...

–¡¿Volver?! –gritó desde la puerta–. ¿Usted se cree que voy a dejarlo volver a este esperpento de colegio? ¡Vamos a buscar uno en el que nadie tenga mocos en lugar de cerebro! ¡Buenas noches!

DESPUÉS DE LA REUNIÓN

POR TOMMY

Se fueron.

Harvey dijo que se quería quedar para ver si el Consejo Escolar aceptaría su sugerencia sobre los videojuegos.

Le dije que eso era muy, pero muy poco probable.

Después, el tipo de la corbata nos indicó que nos retiráramos, así el Consejo podía tener su reunión a puertas cerradas. Para cuando salimos, Dwight y su mamá hacía rato que se habían ido.

Lo de Harvey queda bastante cerca. Me dijo que su papá me llevaría a casa en el auto. Así que empezamos a caminar. Yo iba empujando mi bici porque él no había traído la suya.

-Una pena que no haya funcionado -repuso.

-Bueno, mi expediente tampoco funcionó.

-Sí, claro. Eso es porque te lo había pedido un pedazo de papel verde.

-Ah, sí. Me había olvidado de eso -comenté-. Es curioso, pero se me borra todo el tiempo que ya no creo más en Yoda Origami.

-Sí, eso es curioso, y ESTÚPIDO.

-Sí, sí, sí. Entonces, ¿por qué trataste de salvar a Dwight?

-Porque Darth Paper me lo pidió.

-Deja de bromear.

-No, en serio. Todo lo que ocurrió era parte del plan de Darth Paper. Bueno, casi todo. No queríamos que echen a Dwight. Solamente tratábamos de vencerlo. Desgastarlo y vencerlo para que admitiera que Yoda Origami era falso.

–¿Y Darth Paper te dijo eso?

–¡Por supuesto! Es un títere mágico, después de todo. Lo importante es que... funcionó. ¡Dwight confesó todo! Por fin todos se dan cuenta de que tuve razón todo el tiempo.

–Sí, bueno, todo el mundo piensa que eres malvado.

–No, no lo soy –repuso Harvey–. Solo quería salvar a Dwight. Y más vale que pongas eso en tu archivo.

Sacó a relucir a Darth Paper. Levantó el pliegue del casco. Debajo, le había dibujado una cara.

–Dwight tenía razón... tenía razón... –graznó Anakin Origami–. Todavía quedaba algo de bueno en mí.

CONCLUSIÓN

POR TOMMY

A la mañana siguiente era sábado. Me levanté a eso de las nueve y entré en mi computadora.

Tenía un e-mail de Dwight:

Ven a mi casa exactamente a las 9:45hs. ¡¡Trae a Yoda Origami!!

Debajo de eso me reenviaba el mensaje que el superintendente le había mandado a su mamá:

Después de que se fueran, los miembros del Consejo Escolar votaron a favor de la recomendación de la directora Rabbski de darle el pase a Dwight para el Instituto Especial de Educación Correctiva (IEEC) por el resto del semestre. Por favor, comuníquese conmigo para... BLA, BLA, BLA.

No era demasiado sorprendente. Habíamos hecho todo mal. O tal vez hicimos un buen trabajo, pero el Consejo Escolar simplemente no estaba prestando atención.

Me imaginaba que Dwight estaría deprimido, y por supuesto debía ir a visitarlo. Yo también estaba bastante triste. Y sabía que no tenía nada que ver con no tenerlo a Yoda Origami cerca. Más bien, tenía que ver con no tener cerca a Dwight. Siempre habíamos estado juntos. Desde el kinder. Y recién ahora me percataba de que era un amigo genial. Bueno, tal vez "genial" no es la palabra exacta. Pero Dwight es lo que sea que es. Y la vida iba a ser mucho menos interesante sin su compañía.

Además, estaba preocupado porque los chicos del IEEC lo iban a destruir. Pero no le iba a decir eso. Pensé que tal vez podría levantarle un poco el ánimo. Seguro que estaba sentado dentro de un pozo, como un zombi melancólico.

Sin embargo, cuando llegué, encontré a Dwight en el jardín de adelante, jugando con uno de esos yoyós gigantes.

—¡Mamá me dejó jugar con mis diábolos otra vez! —me dijo a los gritos, revoleando el yoyó por el aire.

No parecía un zombi. Ni siquiera parecía desanimado.

—¿Trajiste a Yoda Origami? —me preguntó.

—Sí, pero…

Dwight me lo quitó de un zarpazo. Inmediatamente se lo puso en el dedo y me dio la impresión de que iba a tener una conversación profunda con él.

—Uf —dijo Dwight—. Es grandioso tenerlo de vuelta. Probablemente lo vaya a necesitar en la escuela nueva.

Estaba confundido, algo que me pasa a menudo cuando estoy con Dwight.

—¿Escuela nueva? ¿Te refieres al IEEC?

—No, mamá me anotó en un colegio privado...

—¿Colegio privado?

—Sí, en la Academia Tippett.

—¿Esa no es la escuela a la que va Caroline?

Dwight sonrió.

Y fue como si me cayera un rayo. ¡Por supuesto que Dwight no estaba triste! Había conseguido exactamente lo que más quería. ¡Hasta la vista, Rabbski! ¡Hola, Carolina!

No soy de esos que andan diciendo *guau* todo el tiempo, pero digo: ¡GUAU! Una vez más, las cosas habían salido como Dwight quería. ¿Lo había estado planeando así?

Si era como uno de esos planes geniales y diabólicos, ¿desde cuándo lo venía armando? ¿Recién en la reunión de ayer? ¿O desde el comienzo de las clases?

Crear un expediente, ¿también fue parte del plan? ¿El objetivo no era salvarlo del Consejo Escolar, sino convencer a su mamá de que él era un chico bueno pero incomprendido, que merecía ir a la Academia Tippett y no al IEEC?

Si era así, entonces Kellen y yo -y hasta Harvey- no habíamos fracasado sino que habíamos tenido éxito.

No, Dwight no pudo haber planeado todo, ¿o sí? No, no podía creerlo. Nadie podía saber con anticipación cómo saldrían las cosas.

Bueno, nadie... excepto Yoda Origami. Pero es falso, ¿verdad? Eso es lo que decía la carta.

Aunque, esperen, si Yoda Origami es falso, ¿por qué Dwight lo "necesita" en la escuela nueva?

-Dwight, preciso que me des una respuesta directa.

-Como una flecha -dijo Yoda-, directa.

-No, quiero decir, te voy a hacer una pregunta y quiero que me des una respuesta clara, sin vueltas. ¿Yoda Origami es real?

Alzó a Yoda Origami.

-¿En mí ya no crees?

-¡No! Esa es una pregunta. Y quiero una respuesta llana. Y de ti, no de Yoda.

-Flecha.

—Eso no fue gracioso ni la primera vez. Ahora, ¿cuál es la respuesta?

—¿Me repites la pregunta?

—¿YODA ORIGAMI ES REAL?

—Por supuesto. ¿Y adivina qué? Mamá me dejó tener de vuelta la computadora, así que siempre podrás enviarle un e-mail a Yoda Origami cuando tengas alguna duda y necesites que te aconseje.

—Creí que ya no daba consejos. Pensé que era falso.

—¿Falso? Vas a herir sus sentimientos.

—¿Y qué hay de esa carta, entonces?

—¿Qué carta?

—¿Cómo qué carta? LA carta. Esa en que le decías a Harvey que Yoda Origami no era más que un pedazo de papel.

Yoda Origami dijo:

—¿De los Trucos Mentales del Jedi hablar has oído, humm?

UNA NUEVA ESPERANZA

 POR TOMMY

-Espera -dije-, ¿no querrás decir que...?

-Lo lamento -interrumpió Dwight-. Debo irme.

Recogió sus yoyós enormes y prácticamente corrió hacia su casa.

-Pero si te tenías que ir, ¿para qué me dijiste que viniera justo a esta hora? -le grité, mientras se alejaba.

-¡Tommy! -llamó una voz detrás de mí.

Me di vuelta. Era Sara. Su familia estaba subiendo al auto. Corrió hacia mí y me dijo:

-Viniste. El Yoda origami de emergencia

dijo que vendrías, ¡pero tenía mis dudas!
Pensé que seguías enojado conmigo.

–¿Enojado?

–Por ir al mini golf con Tater Tot.

–No estaba enojado, solo que…

–¡Sara! –llamó su mamá–. Vengan. Los dos.

–Vienes, ¿verdad? –me dijo, mientras me tomaba de la mano y me llevaba hacia el auto–.
Almorzaremos en Mabry Mill. Y me podrás contar
de Dwight y el Consejo Escolar, y yo te contaré de lo idiota que se puso Tater Tot cuando le
gané en el mini golf, y también podemos hablar
de lo fabuloso que es *Los sueños del Robot*. Y
comer galletas con chispas de chocolate.

–¿Chispas de chocolate? –me relamí.

Miré hacia la casa de Dwight. Me estaba
observando desde la galería, y me saludó con
el brazo en alto. Desde esa distancia no podía asegurarlo, pero me pareció que tenía a
Yoda Origami en un dedo.

–¡Suena grandioso! –le dije a Sara.

Y lo fue.

EL YODA ORIGAMI DE **EMERGENCIA** DE **5** PLIEGUES DE 𝒟𝒲𝐼𝒢𝐻𝒯

① USA ¼ DE HOJA DE PAPEL

PLIEGA UN LADO

② PLIEGA EL OTRO LADO ENCIMA

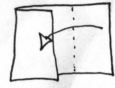

③

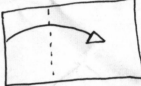

PLIEGA LA ESQUINA HACIA ATRÁS PARA FORMAR UNA OREJA

④

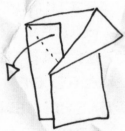

PLIEGA LA OTRA ESQUINA

⑤

PLIEGA HACIA ABAJO

6. ¡DIBUJA LA CARA!

¡¡¡CÓMO HACER A DARTH PAPER!!!

COMO SIEMPRE, HARVEY SE HIZO EL IDIOTA Y NO NOS QUISO DECIR CÓMO ARMAR UN DARTH PAPER... PERO ¿QUIÉN LO NECESITA? BEN, EL AMIGO DE MURKY, ¡SE LAS INGENIÓ PARA CONVERTIR AL YODA ORIGAMI DE 5 PLIEGUES EN UN DARTH PAPER DE 10 PASOS!

½ HOJA DE PAPEL

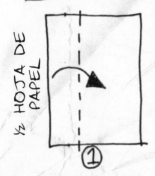

①

②

③

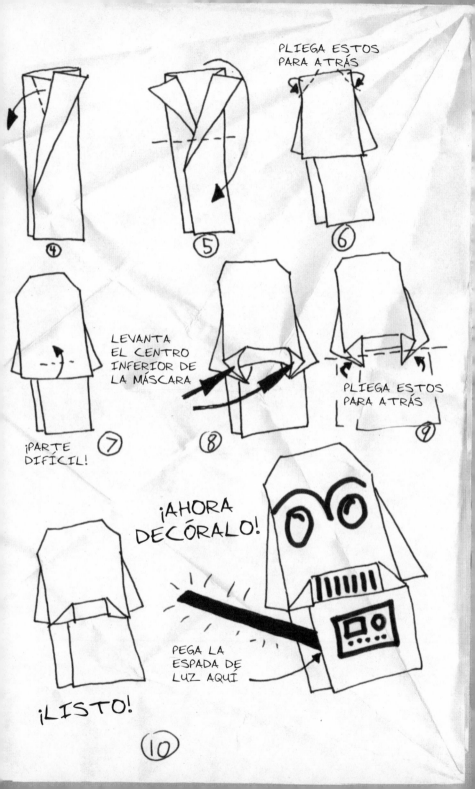

AGRADECIMIENTOS

Quiero agradecer a todos los que ayudaron, inspiraron, escribieron y produjeron este libro…

Los grandes plegadores: Oscar, Charlie, Jack, Remi, Chad y Chad, Austin, Matthew, Matt, Derek, D.T., Jordi, Sean, Tyler, Oscar H., Jessica, Jake, Mark, Connor, Cary, Houston, Jamie, Michael, Emily, Joshua, Sam, Brady, los alumnos del señor Schell, Cooper, Jackson, Brennan, Carl, Chance, Jimmy, Lorenzo, Wes, la Sociedad de Jedis de Papel y todos los que compartieron su origami de la *Guerra de las Galaxias* conmigo.

Al inventor de Darth Paper en diez pasos, el súper plegador, Ben.

A los expertos en origami de la *Guerra de las Galaxias*, Chris Alexander, Won Park y Fumiaki Kawahata.

A George Lucas y esa gente fantástica de Lucasfilm, que hizo que todo fuera posible. Desde hacer las películas, hasta aprobar mis ideas y ser simplemente simpáticos.

A mis padres, Wayne y Mary Ann, mi familia,

amigos y cohortes: Michael y Julia Hemphill, Steve Altis, Paul Dellinger, David West, George y Barbara Bell, Annell, Brian Compton, Matt Cunningham, Justin, la señora Moench, T.J., Linda, BNS, Cindy Minnick & Co., Paula Alston, Michael Buckley, Eric Wight y John Claude Bemis. Y a todos mis amigos online de Twitter y Clone Wars StrikeTeam.

A UPS Store 3421, Pilot G2 Gel Pens, a la Fort Vause Memorial String Band y a Edu-Fun Popcorn Products.

A todos los que colaboraron para que estos libros llegaran a las manos de los chicos: mi gran agente, Caryn Wiseman, al increíble equipo de Abrams/Amulet, a la gente maravillosa de Scholastic, a los entusiastas promotores de los libros y a los incansables vendedores. Y por supuesto a los maestros, directores, especialistas en lectura y ¡bibliotecarios!

A Jane Emmilyne Arnst, quien compartió el recorrido.

Al misterioso Van Jahnke.

A Jay Asher, que me dio una gran idea para un nuevo expediente…

¡Y a mi leal colaboradora, Cece Bell!

ACERCA DEL AUTOR

Tom Angleberger es el autor de *El extraño caso de Yoda Origami* y otros libros para niños. Es fanático de *La Guerra de las Galaxias* y del origami desde hace mucho, mucho tiempo, y le encanta hacer figuras de papel con los personajes de la saga. Las imágenes de algunos de sus fabulosos trabajos y de los que sus lectores hicieron se pueden encontrar en www.origamiyoda.com.

Tom vive en los Apalaches, Virginia.

Melissa Arnst se encargó del diseño de este libro y Chad W. Beckerman de la dirección de arte. El texto principal fue compuesto en Lucida Sans Typewriter (10 puntos). La tipografía que se utilizó para los anuncios es ERASER. Los comentarios de Tommy están en Kienan y los de Harvey están compuestos en GoodDog. Los caracteres y dibujos de la cubierta los hizo Jason Rosenstock.

¡TU OPINIÓN ES IMPORTANTE!

Escríbenos un e-mail a
miopinion@vreditoras.com
con el título de este libro
en el "Asunto".

CONÓCENOS MEJOR EN:

www.vreditoras.com

facebook.com/LaHoraCool